五月山
ネコマタ御殿
展望台
チャック
ネコダケ道
すっとび
カラスの
宅急便
駅
若親分
三五郎
三日月先生の
おくさん
フクフク
さん
三日月先生の
キュウリ畑
うまの
森
フクフク
さん
三日月先生
(タキリ)
コウモリニュース
コウモリ
池
空港

カラスネコ チャック

野田道子 作
オオノヨシヒロ 絵

もくじ

五月山《さつきやま》のバケ・ネコ

かめの森の用心棒《ようじんぼう》コンビ

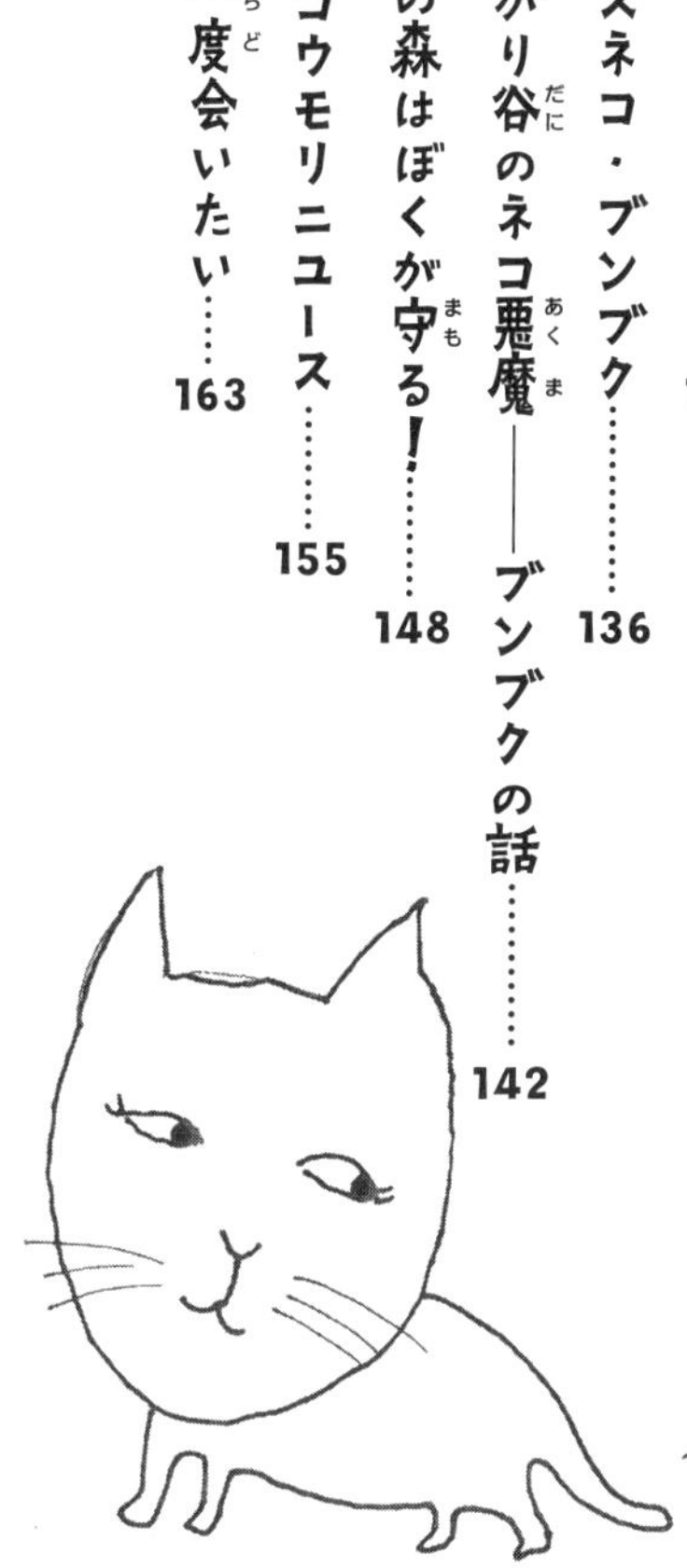

五月山《さつきやま》のバケネコ

1

チャックのかなしみ

〈かめの森幼稚園《ようちえん》〉の庭《にわ》のすみに、大きな土管《どかん》がころがっていました。その中で、ことしの春、のらネコが、五ひきの子ネコを産《う》みました。

かあさんネコは、のらネコなかまでは、〈ユキヒメ〉とよばれていました。まばゆいほどのまっ白なネコです。

子どもたちのうち、いちばん大きい兄《にい》さんのデンキチは三毛《みけ》ネコです。三毛《みけ》ネコのオスは、とてもめずらしいんだと、いつもじまんしていました。「人間にはひっぱりだこなんだ」って。

かあさんににた白いメスが、ユキ、ミル、ミミの三びきの姉《ねえ》さんです。白いのは白くても、ユキ姉《ねえ》さんは足の先だけがソックス

をはいているように黒く、ミル姉《ねえ》さんは、しっぽだけが白黒のシマシマもようです。ミミ姉《ねえ》さんは、耳だけがなぜか茶色です。デンキチ兄《にい》さんがそれぞれソックス、シマシマテール、キャラメル、とあだ名をつけました。

末《すえ》っ子のチャックだけが、まっ黒なので、「カラス」です。


ユキヒメは、毎日、子どもたちにお乳《ちち》をあたえると、食べものをさがしに土管《どかん》を出ていきました。けれど、五ひきの子どもにお乳《ちち》をあたえるので、とてもたりません。すぐに、ほねが見えるほどやせ細ってしまいました。子ネコたちも、ミャアミャアと鳴いてばかりです。

「おなかがぺこぺこだよー」

「もっと、ちょうだい！」

と兄《にい》さんや姉《ねえ》さんたちがさわいでも、

「かあさんは食べたの？」

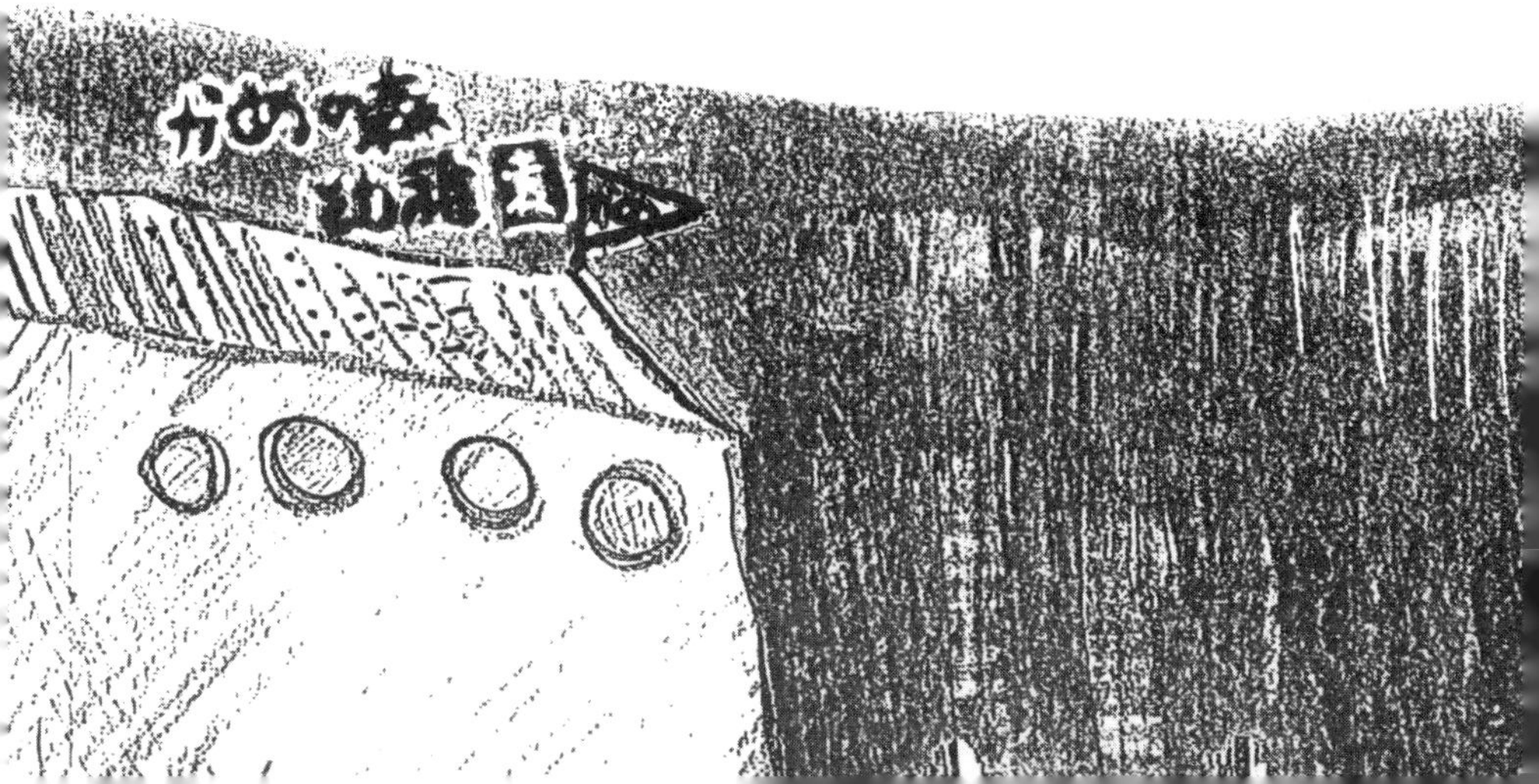

ときくのは、体のいちばん小さいチャックです。

兄《にい》さんはときどき、

「おい、カラス、夕方だぞ。そろそろ山の巣《す》へ帰らないでいいのか？」

ってからかいますし、姉《ねえ》さんたちも、

「まっ黒って、少し気味悪《きみわる》くない？　かあさんはまっ白なのにネ、おかしいわね」

なんていうのです。

「かあさん、ぼくだけ、かあさんの子じゃないの？」

かなしくなったチャックは、ある日、かあさんにきいてみました。

「なんですって？」

「ぼく、かあさんの子だよね？」

「何をいうの、この子は」

ユキヒメかあさんは、はじめびっくりしていましたが、つぎには笑《わら》いだしました。

「おまえだって、かあさんの、だいじなだいじな子どもですよ。おかしなことというもんじゃないの」

「だって、兄《にい》さんや姉《ねえ》さんが、まっ黒なぼくを、よその子みたいにいうんだ」

「おまえがまっ黒なのは、あたりまえでしょ。おまえのとうさんが、やっぱり、まっ黒だったからね」

かあさんは、そういうと、やさしくチャックをなめてくれました。チャックたちきょうだいのとうさんは、きょうだいが生まれる前にすみかを出ていったっきり、帰ってこなかったのだそうです。

「おまえのように、頭の先からしっぽの先までまっ黒なネコを、カラスネコっていうんだよ。人間のなかには、不吉《ふきつ》だとか魔法《まほう》つかいの弟子《でし》だとかいって、カラスネコをきらう人もいるけど、かあさんはそうは思わない。まっ黒っていうのは、とにかく、きれいだよ。おまえのとうさんのようにね。兄《にい》さんも姉《ねえ》さんもほんとはうらやましいのさ」

「うらやましい？」

「うらやましくて、いじわるいうのさ」

「そうかなあ」

チャックは首をかしげました。

「どうして、カラスネコっていうの？」

「カラスはまっ黒だろ？　だから、まっ黒なネコをそういうんだよ。どこかに一本でも白い毛がまざっていたら、カラスネコではないんだよ。カラスネコは、飼《か》いぬしに、しあわせをよぶっていう人さえいるんだよ」

「でも、みんなは、カラスネコが好《す》きじゃないみたいだね」

チャックは、まだかなしそうでした。

ユキヒメかあさんは、チャックをなぐさめるようにいいました。

「おまえのひいひいじいさんは、とくにりっぱなカラスネコだった。〈クロベエ〉って名でね。カラスが水浴《みずあ》びしたあとみたいに、黒々《くろぐろ》と光った毛で、そのつやったらなかったよ。目も金色でね。この森で生まれて、育《そだ》って、ずーっと、この森にすんでいたんだけど、いつもひとのためになることばかり考えていなさった」

「ひとのためになるって？」

「年よりネコには、とくにやさしくてね。かめの森には、〈養老《ようろう》ネココーナー〉っていうのがあって、そこに行けばいつでも何かしら食べるものがおいてあったものだよ。べつにネコでなくたって、こまったらだれでもいらっしゃいといってね」

「〈養老《ようろう》ネココーナー〉はいまもあるの？」

「いまはないよ。ずっとむかしの話だからね」

「ざんねんだなぁ」

「〈木や花や草の話を聞こう会〉〈風のことば教室〉なんかもあったよ」

「木や花が何をしゃべってるのかがわかるんだね。ぼくもいつか行ってみたい。風もことばを話してるんだね」

「だからね。いまはないの。それは、クロベエじいさんがかめの森にいらっしゃったころだからね。〈よろずけんかはやめん会〉もあったんだよ」

「ふーん、おもしろそうだね。ぼくもけんかは大きらいだ」

「ここらあたりの動物《どうぶつ》は、クロベエじいさんが大好《だいす》きで、尊敬《そんけい》もしていたんだ。森のぬしってとこかね。長老《ちょうろう》のクロベエじいさんには、

だれだって頭をさげたものだよ……そういえば、チャック、おまえも目が金色だね」

かあさんは、むかしを思い出す、なつかしそうな顔でした。

「ネコたちの教育《きょういく》にも力をつくしたんだ。長いあいだ、〈ネコバカリ小学校〉の校長先生をしていなさったものだが、かあさんの小さいころ、かめの森にたたかいがあったんだよ。そのとき、クロベエじいさんは、この森を出ていったっきり、帰ってこなかった。なんでも、町のはずれの五月山《さつきやま》にたたかいの場がうつったんだそうだ。かあさんも、大きくなって知ったことだけどね。いまも五月山《さつきやま》にすんでいなさるってことだよ」

「かあさんは、その、クロベエじいさんに会ったことある？」

「子どものころはかわいがってもらったものだよ。ユキヒメ、ユキヒメってね。もう長いこと会ってないけど、おまえもこまったことがあったら、ひいひいじいさんをたずねてごらん。ユキヒメの子だっていえば、よろこんで会ってくださるだろうよ」

チャックは、クロベエじいさんに、いつか会いにいこうと思いました。でも、クロベエじいさんは、ユキヒメかあさんのことを、まだおぼえているでしょうか。

2 のらネコの生き方

一日じゅう雨のふりつづく、梅雨《つゆ》の季節《きせつ》がもうすぐ終《お》わろうとしていました。五ひきの子ネコたちは、ずいぶん大きくなりました。

ある日、ユキヒメは、まじめな顔をして、五ひきの子どもたちを集《あつ》めていいました。やせて、体じゅうの毛がぬけおちていました。

「もし、いつか、かあさんがこの家に帰ってこられなくなったら、おまえたちは、その日から、ひとりひとりで生きていかなくちゃあならないんだよ。のらネコとしてね」

姉《ねえ》さんや兄《にい》さんが口々《くちぐち》にいいました。

「だけど、飼《か》いネコになったら、食べものの心配《しんぱい》もしなくてすむんでしょ?」

「わたし、だんぜん飼《か》いネコになるわ」

「人間の家の中は、冬だってあたたかいしね。なんにもしないで、一日じゅうねてれ

ばいいのよね」

「おれも、飼《か》いネコになろっと」

ユキヒメかあさんは、いいました。

「だけど、のらネコも飼《か》いネコも、考えたり、努力《どりょく》なしでは生きていけやしないんだからね」

「わかったよ、かあさん！」

みんなは、口をそろえていいました。でも、チャックだけは話も聞かず、ぼやっと土管《どかん》の入り口を見ています。

ユキヒメかあさんは、きょうだいよりも細くて、たよりないチャックの首すじをかんで、こちらをむかせました。

「チャック、かあさんは、おまえがいちばん心配《しんぱい》なんだよ。生まれたときから、兄《にい》さんや姉《ねえ》さんにくらべると、からだが小さかったけど、近ごろじゃ、だいぶしっかりしてきたね。だけど、おまえはカラスネコなんだから、ホコリをもたなきゃあ、だめだよ」

「ホコリってなに？　ゴミみたいなもの？」

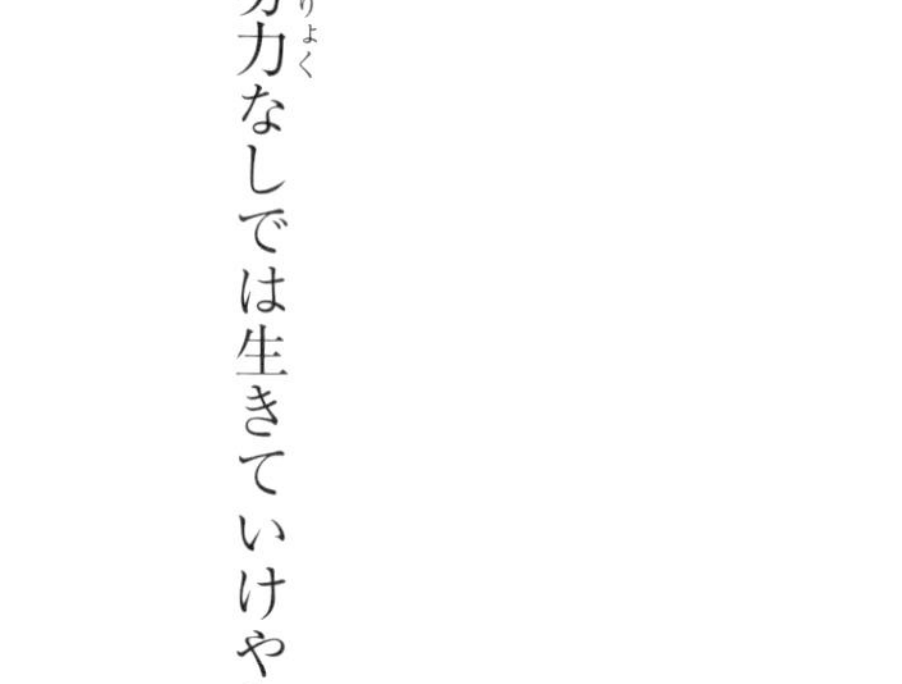

「ばかだね、おまえは。ホコリっていうのはね、自分を好《す》きになって、自分をたいせつにして、いっしょうけんめい生きていくことだよ。わかったかい？」

「わからない」

「おまえは、やさしいいい子なんだけど、ときどき、かしこいのか、ばかなのかわからなくなることがある。ほんとうに、どうしたものかねえ」

ユキヒメかあさんは、心配《しんぱい》そうに、チャックを見ていいました。

「そうだ。これだけはおまえにいっとこう。カラスネコは長生きすると、いつか、ネコ神《がみ》さまからとくべつな神通力《じんつうりき》をもらえるんだよ」

「それ食べもの？」

「また、おまえったら……。神通力《じんつうりき》ってのは、魔法《まほう》の力みたいなもんだよ。たとえば、相手《あいて》が考えていることがいわなくってもぜんぶわかる。人間や鳥や、イヌや、それから木や花の考えていることもわかるんだよ。ことばもわかるんだよ。空も飛《と》べるしね」

「わー、いいなぁ」

「でも、けっして、悪《わる》いことにつかってはだめなんだ。悪《わる》いことにつかって、ネコ神《がみ》さまがそのことに気づいたとたん、力をうしなってしまうのさ。チャックも神通力《じんつうりき》がほしいかい？」

「わからない。もらってみないとね」

「神通力《じんつうりき》は、ふつうのネコの二倍《ばい》は長生きしたネコにだけさずかるんだ。そのなかでも、カラスネコが、いちばんすごい力をもってるんだよ。おまえのひいひいじいさんのクロベエじいさんも、ふつうのネコの二倍《ばい》も長生きだから、もっていらっしゃるのさ」

「どうしたら長生きできるの？」

「ぼやぼやしてたら、長生きなんてできないよ。なんでもよく考えて、おちついて生きることさ。それから、なにごとにも勇気《ゆうき》をもってね。できるかい？」

「わからない。努力《どりょく》はしてみます」

「がんばるんだよ、チャック」

それから、かあさんは、みんなにいいました。

「とにかく、おまえたちは、なんとしても生きのびておくれ。かあさんがいなくてもね」

チャックには、かあさんがいなくなるなど信《しん》じられないのでした。ぼくは、いつまでもかあさんといっしょだ。

でも、何日かたって、ユキヒメかあさんは、夜になっても、土管《どかん》の家に帰ってはきませんでした。

梅雨《つゆ》の季節《きせつ》は、いつのまにか、終《お》わっていました。

3 ひとりぼっちのチャック

かあさんが帰ってこなくなって、はじめの二日間、チャックたちきょうだいは、鳴くばかりでした。おなかはすくし、心細いし、どうしたらいいのかわかりません。

でもある日、かめの森幼稚園《ようちえん》の子どもたちに、とうとう見つかってしまいました。

「わーい、かわいいなー。ぼく、この元気な三毛《みけ》ネコがいいや。ママにいって飼《か》ってもらおう」

「わたしは、このまっ白の。足の先だけが黒なんて、ソックスはいてるみたいね」

「わたしも白がいい。しっぽだけシマシマのがかわいーい!」

「わたしも白がいい。耳だけが茶色なんておしゃれだもん」

ところがチャックは、全身《ぜんしん》まっ黒で、おまけに土管《どかん》のいちばんおくにいたので、子どもたちには見つからなかったのでした。

こうして、五ひきのうち四ひきは、土管《どかん》からつれだされ、それぞれの家にひきとられていったのです。

ひとりぼっちになったチャックは、昼間は、土管《どかん》のおくにかくれていましたが、夜になると、土管《どかん》を出て、近所《きんじょ》をさまよい歩きました。なにしろ、おなかがすくので、食べられるものはなんでも食べました。

「かあさん、どこにいるの？　へんじしてー。ぼくだよ、チャックだよー。みんなどこかへいっちゃったよー。かあさん、おなかへったよー」

と、大声で鳴きました。

近所《きんじょ》の人たちは、その声を、気味悪《きみわる》がりました。

「なんというおそろしい声を出すネコなんだろう。とても、ふつうのネコとは思えやしない。あれはバケネコの声だな」

「ニャーニャーじゃないですよ。ギャオーギャオーですからねえ」

「あの声、夜聞くと、うす気味悪《きみわる》いですなあ。ねむれない」

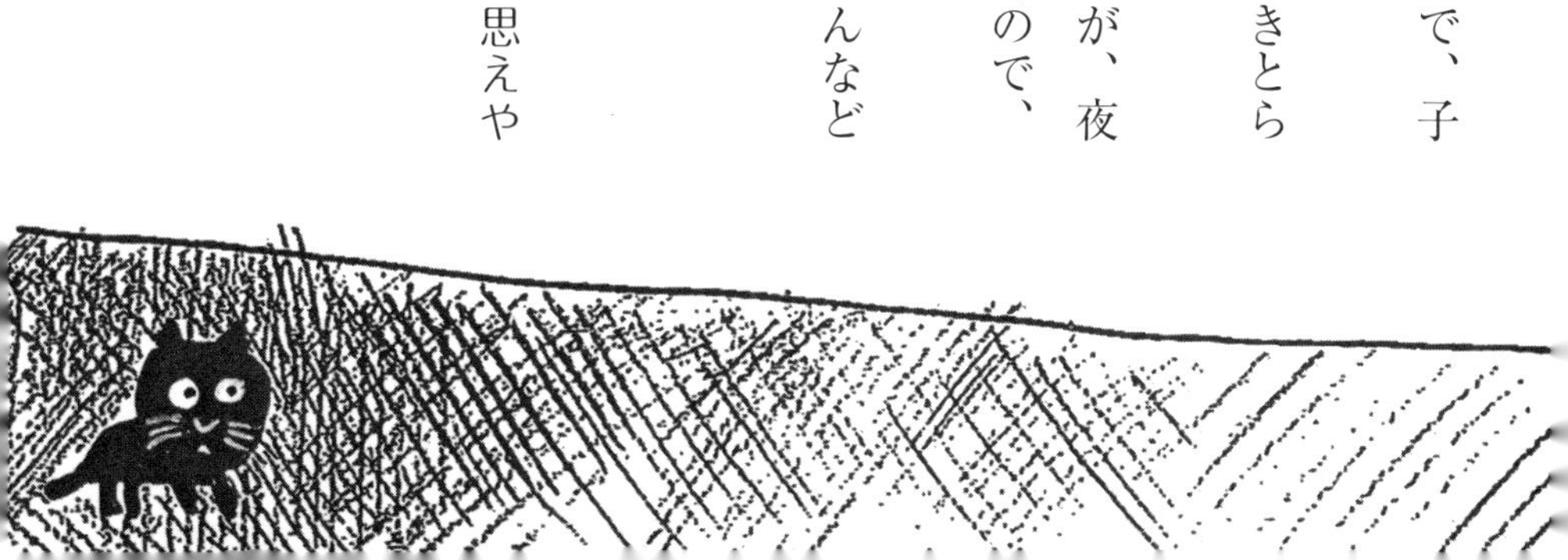

「ちらっと見ましたが、まっ黒な子ネコでした」

ある日のこと、チャックが、土管《どかん》の家に帰ってくると、おくで、がさがさという音がしました。

あ、かあさんかもしれない！

チャックは、どきどきして中をのぞきこみました。

何かがもそもそ動《うご》くのが見えました。

「あっ、かあさんだ!!」

チャックは、むちゅうで、土管《どかん》の中に走りこみました。

そのとたん、鼻先《はなさき》に、何かがかみつきました。

「ギャオー、いたい!!」

チャックは、外へとんでにげだしました。

「ひとの家に勝手《かって》に入るな!!」

ふりかえると、大きなアライグマが、毛をさかだててどなっていました。

土管《どかん》は、アライグマの家になっていたのです。もう、土管《どかん》には近よれません。

それにしても、毎日、おなかがすきました。

おなかいっぱい食べているのは、幼稚園《ようちえん》のうらにある、やさい畑《ばたけ》のキュウリだけでした。チャックは、ネコにはめずらしく、キュウリが大好《だいす》きなんです。

ある日、畑《はたけ》の持《も》ちぬしで、三味線《しゃみせん》ひきの三日月《みかづき》先生に見つかってしまいました。

「このどろぼうネコ！　このごろ、どうもキュウリが少ししかならないと思ったら、おまえが食べていたのかぁ！　三味線《しゃみせん》の皮《かわ》にするぞ！」

と、スコップを持《も》って追《お》いかけてきました。

ネコの皮《かわ》は、上等《じょうとう》な三味線《しゃみせん》の皮《かわ》になるのです。でも、チャックは、いま小さくて、おまけにやせ細っていましたので、三味線《しゃみせん》の皮《かわ》にするにはとてもたりません。

チャックが、畑《はたけ》の外にやっとにげだしてから、おそるおそるふりかえってみると、三日月《みかづき》先生は、もう、追《お》ってはきませんでした。

そのかわり、

「三味線《しゃみせん》の皮《かわ》になりたかったら、もっと大きくなって、太ってからこい！」

三日月《みかづき》先生の声が追《お》っかけてきました。

4 カラスのカンザブロウ

かめの森幼稚園《ようちえん》は、〈かめの森神社《じんじゃ》〉の広い敷地《しきち》の中にあります。

チャックは、近ごろ、神社《じんじゃ》の森の大きなシイノキのほらにすんでいました。幼稚園《ようちえん》の土管《どかん》の家にはアライグマがすんでいるので、もう帰れないのです。

ここは、昼間でもうす暗《ぐら》く、人もほとんど近づきません。

ある日の昼さがり、ほらから出てみると、頭の上から、

ジュワン、シュワッシュワッ

シーシーシー、ジュミジュミジュミジュミ……

と、耳がつぶれそうな音が聞こえてきました。

「なんだ？」

チャックは、木の上を見あげました。

「そうか、これが、かあさんのいっていたセミっていうものだな。かあさんは、かめの森神社《じんじゃ》の森のセミを食べなさいっていっていってたけど、これだな。よし、セミをとろう」

そう決《き》めると、おなかがぐるぐる、ぐるぐる鳴りました。早く食べようよ、っていってるみたいです。

「キュウリは、いくら食べてもおなかがいっぱいにはならない。それに、畑《はたけ》に近づいて、三日月《みかづき》先生に三味線《しゃみせん》の皮《かわ》にされるのはいやだ。よーし、きょうからは、キュウリを一日二本だけにして、セミをおなかいっぱい食べることにしよう」

それにしても、セミの多いこと、うるさいこと。

チャックは、なかでも大きなカシノキの下にいき、見あげました。

ジュワンジュワン、シーシー、ジュミジュミ……

頭の上からセミの声がふりかかってきます。耳がつぶれそうです。

「いるいる。この声じゃあ、この木だけで十ぴき以上《いじょう》はいるぞ」

チャックは、木のぼりはとくいでした。

「さあ、のぼるぞー。えい、やっ！」

チャックは、ガリガリガリとつめを立てて、木をかけのぼりました。

「あれ？　このへんにもいたはずだけど」

ガリガリガリ。ガリガリガリ。上へ上へ上へ。

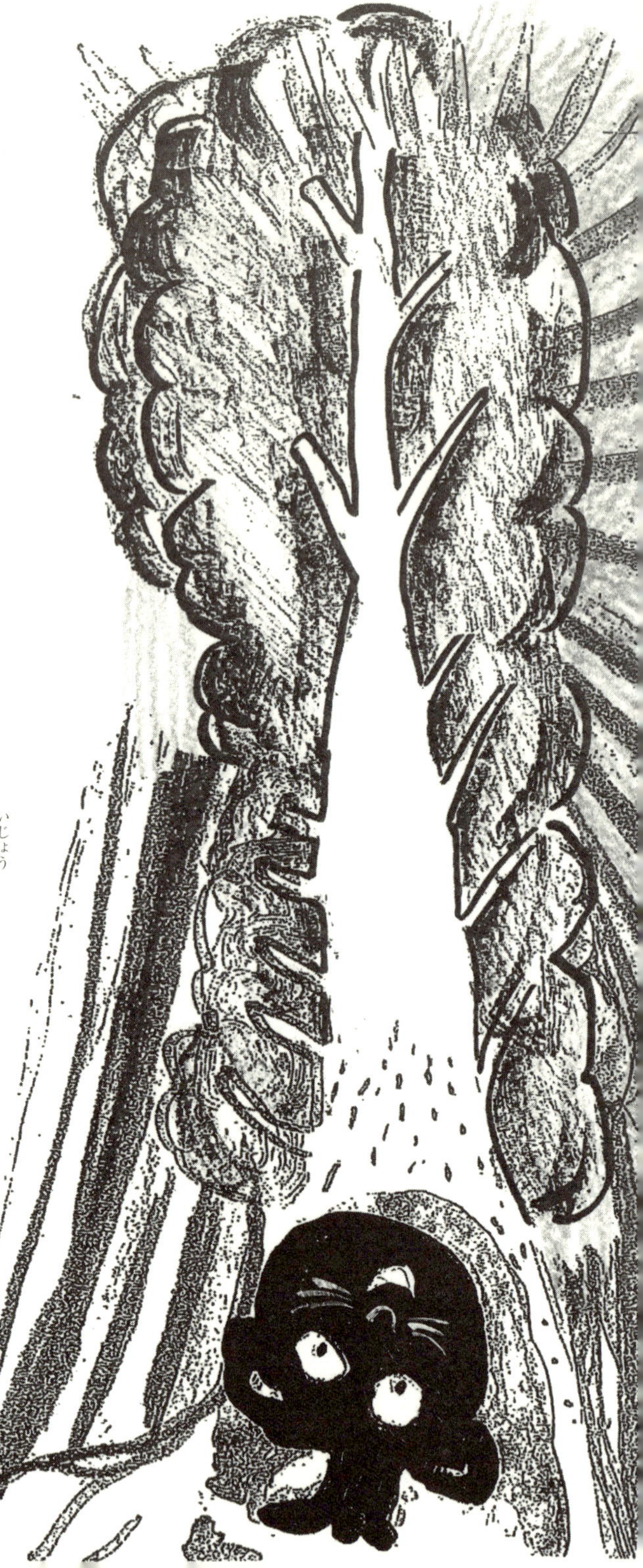

ガリガリガリ。ガリガリガリ。

ふしぎなことに、チャックがのぼると、あれだけうるさかったセミの声がピタリ、とやみます。

「もう少し上にのぼってみよう」

ガリガリガリ。ガリガリガリ。上へ上へ上へ。

でも、一ぴきのセミも見つかりません。さっきまで、あんなに鳴いていたのにふしぎでした。

あれ、また、いなくなっちゃった。

きょろきょろしていると、上のほうからわきだすようなセミの声です。

「もう少し上にのぼってみよう」

チャックは、また、むちゅうでのぼりました。

ガリガリガリ。ガリガリガリ。上へ上へ上へ。

おかしなことに、のぼるたびに、チャックの顔に、水のようなものがふりかかるのです。

これはいったい、ナンなんだ?.?.?

「あ、雨かな?」

空を見あげていると、大きなカラスがやってきて、同じカシノキのえだにとまりました。そして、

「おい、おい、それは雨じゃねえや。セミのションベンだよ」

と、教えてくれました。

「セミはな、木からにげるとき、ションベンをするんだ。そんなことも知らねえのか。あんまり、セミのションベンがひっかかると、おまえの顔も、セミみたいになるぞ」

セミみたいな顔のネコって?

チャックは、自分の顔を思いうかべてふゆかいでしたが、カラスが声をかけてくれたことはうれしく思いました。

「教えてくれて、ありがとう。ぼく、カラスネコのチャック。きみは?」

「おれは、カラスのカンザブロウだ。おれはほんもののカラスだよ」

「ぼくだって、ほんもののカラスネコだ」

チャックは、むねをはっていいました。

カンザブロウは、〈すっとびカラス宅急便《たっきゅうびん》〉の社員《しゃいん》だそうです。かめの森神社《じんじゃ》の森

から見える五月山《さつきやま》に会社があって、かめの森には、〈その日にとどく、すっとびカラス宅急便《たっきゅうびん》〉の出張所《しゅっちょうじょ》があるんだそうです。だから、カンザブロウは、毎日一度《いちど》は配達《はいたつ》のためにこの森にやってくるとか。

「え、五月山《さつきやま》？」

「五月山《さつきやま》がどうかしたのか？」

チャックは、五月山《さつきやま》にひいひいじいさんのクロベエがすんでいる、とユキヒメかあさんが話してくれたのを思い出したのです。

「五月山《さつきやま》に、ぼくのひいひいじいさんのクロベエじいさんがいるんだ」

「クロベエか。聞いたことねえな」

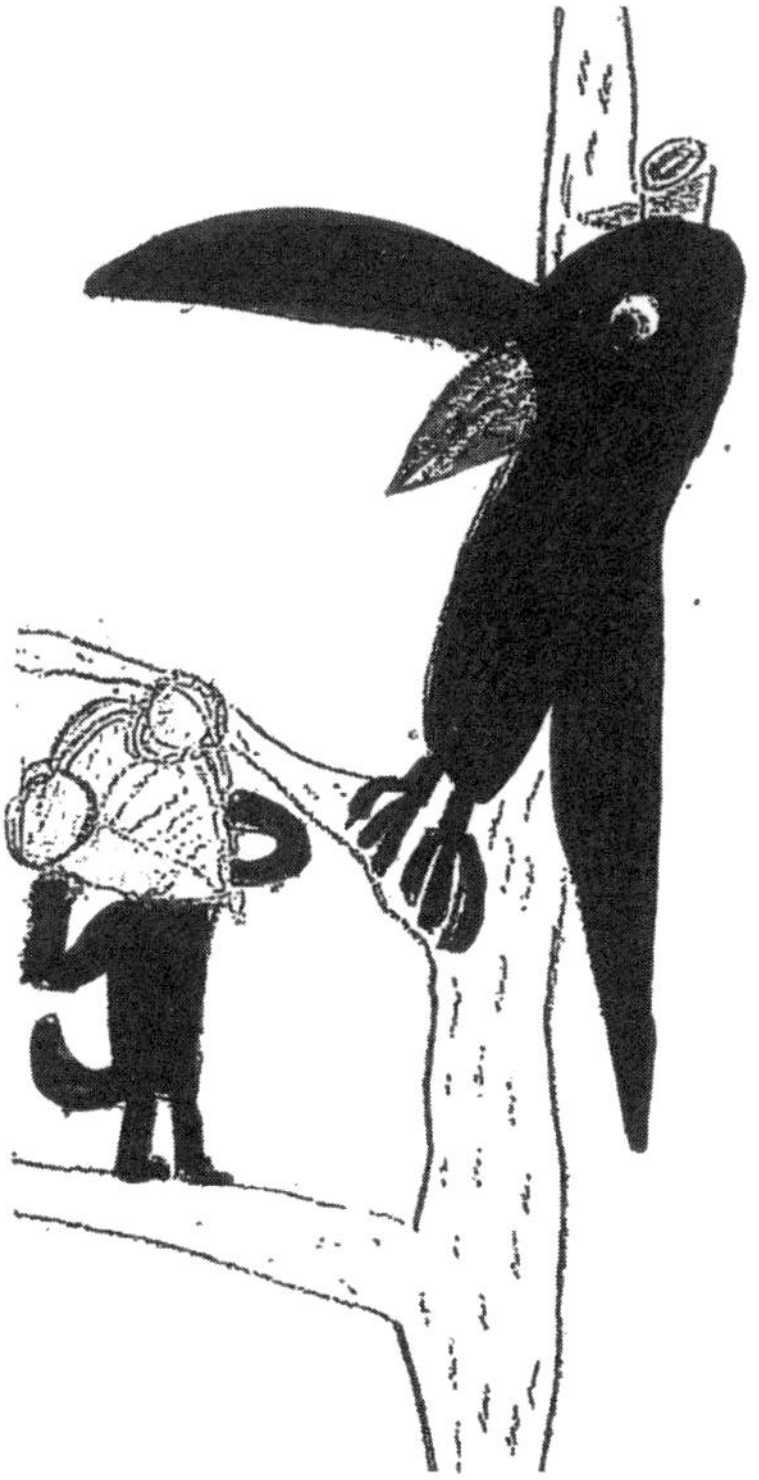

「そう？　ぼくと同じ、まっ黒なカラスネコなんだけどね」

「カラスネコのクロベエか。五月山《さつきやま》でカラスネコといやあ、ブラック・ブラックしか知らねえな」

「ブラック・ブラックだって？　それな

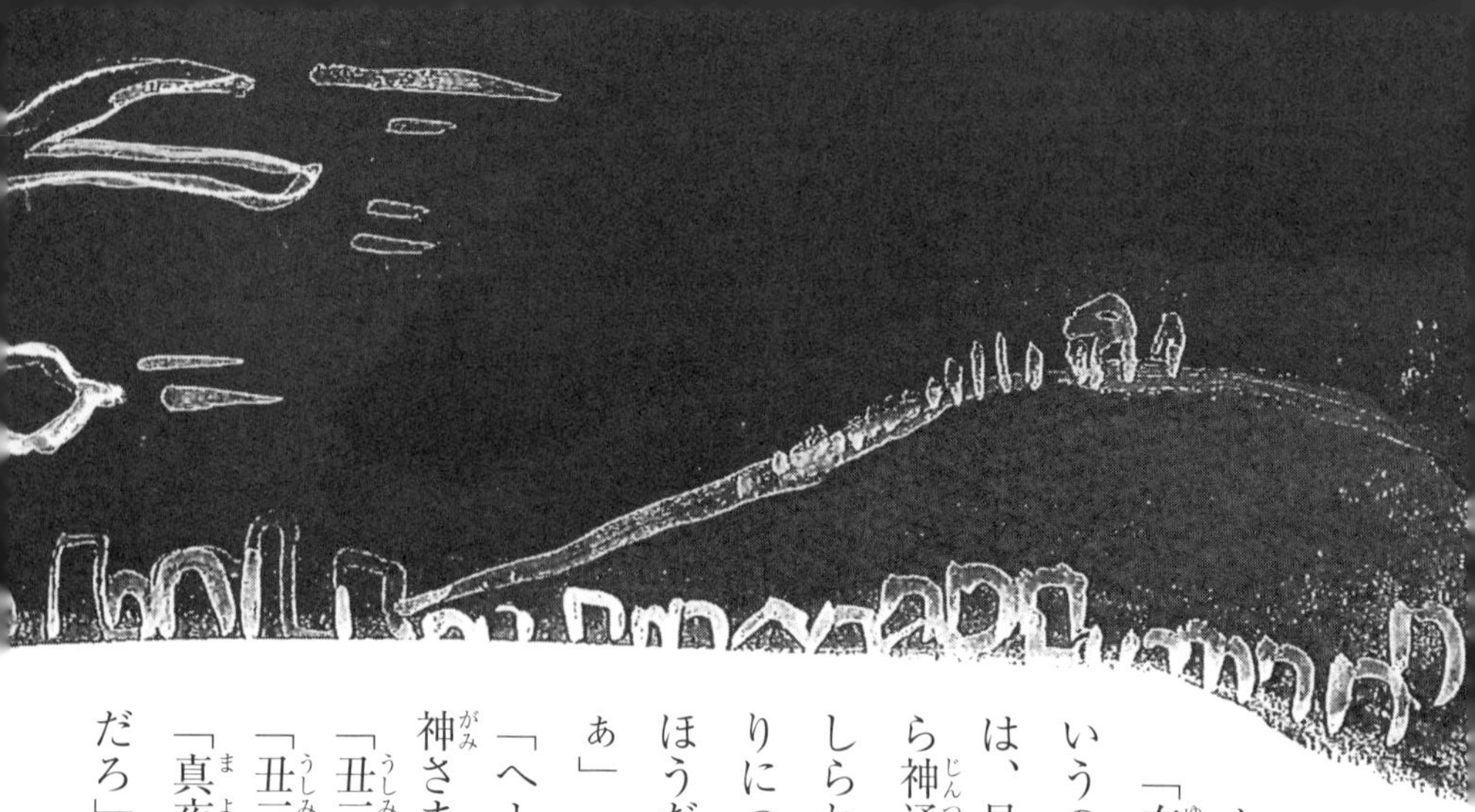

んなの？」

「有名《ゆうめい》な悪者《わるもの》だよ。バケネコのネコマタだよ。ネコマタっていうのは、しっぽの先がふたつに分かれてるっていうぜ。おれは、見たことないけどね。長生きしたからって、ネコ神《がみ》さまから神通力《じんつうりき》をもらったのがまちがいさ。そのあと、何があったかしらねえけど、ネコ神《がみ》さまをうらんで、神通力《じんつうりき》を悪《わる》いことばかりにつかいだした。ひとはだますは、ぬすみはするはのしたいほうだいだ。もともと頭がとびきりいいやつだったっていうなぁ」

「へー……。だけど、せっかく、神通力《じんつうりき》をもらったのに、ネコ神《がみ》さまをうらむなんて、おかしいね」

「丑三《うしみ》つ時《どき》には空も飛《と》んだっていうぜ。ネコマタだからね」

「丑三《うしみ》つ時《どき》って？」

「真夜中《まよなか》の二時ごろのことさ。草木もねむる丑三《うしみ》つ時《どき》っていうだろ」

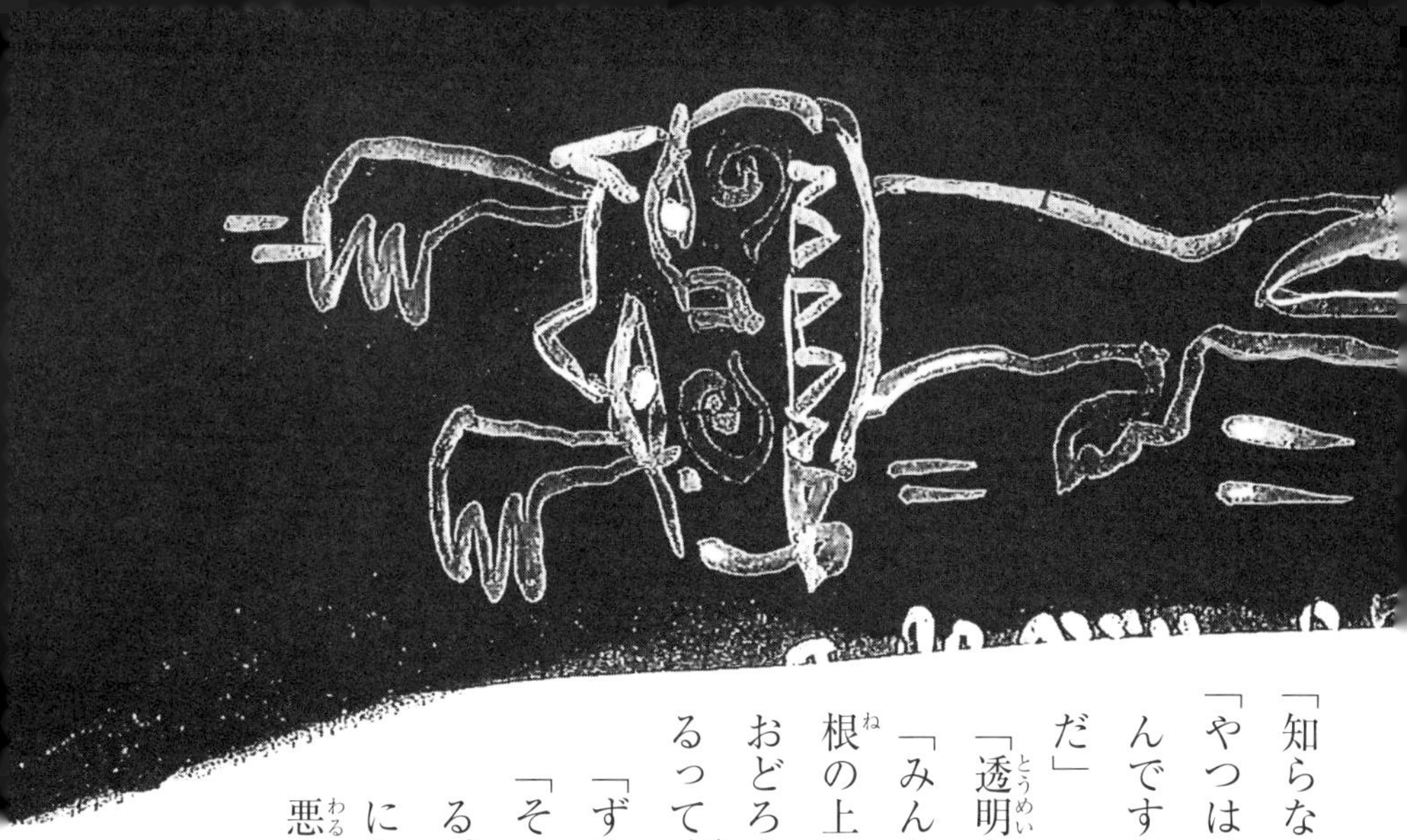

「知らない。そんな真夜中《まよなか》に空を飛《と》んでどうするの？」

「やつは、カラスネコだ。真夜中《まよなか》のカラスネコは、闇《やみ》にとけこんですがたが見えない。まあいやあ、透明人間《とうめいにんげん》みたいなもんだ」

「透明《とうめい》ネコだね。フフフフ」

「みんなには見えないことを利用《りよう》して、やつは人間の家の屋《や》根《ね》の上に飛《と》んでくる。朝になって、その家の人たちはあっとおどろくね。その家の中の食べものはごっそりなくなっているって寸法《すんぽう》だ」

「ずるいね」

「そのうちあやしいやつらがまわりに集《あつ》まって、手下になる。やつはおおぜいの手下にかこまれて、だんだん天狗《てんぐ》になっていったんだ。五月山《さつきやま》のてっぺん近くにうす気味《きみ》悪《わる》いネコマタ御殿《ごてん》をたてたのもそのころだ」

「ネコマタ御殿《ごてん》？」

「御殿《ごてん》をたてたといってもな、人間の住《す》まなくなったぼろぼろの古いやしきをかざりたてただけなんだけどね」

「天狗《てんぐ》になったって?」

「いばりだしたってことさ。やつは手下どもをつかって、街《まち》じゅう荒《あ》らしまわったんだ。のらネコがゴミのふくろをあさりにいったら、とっくのむかしにごっそりやられちまってる。そこへ人間が出てきて、のらネコがゴミを食《く》いちらかしたって目のかたきにされるんだ」

「ふーん」

「いまじゃ、知らないもののない悪者《わるもの》だ。もちろん、そんなはでな悪行《あくぎょう》をしていてネコ神《がみ》さまに知れないはずはない。ネコ神《がみ》さまに知れたとたん、神通力《じんつうりき》もとりあげられた。おれもまた聞きのまた聞きだけどよ」


長生きをしたので、ネコ神《がみ》さまから神通力《じんつうりき》をもらったネコ。

五月山《さつきやま》にすんでるカラスネコ。

クロベエじいさんににてはいるが、べつのネコだろう。

チャックは、さほど気にもしませんでした。

「じゃあ、また、会おうぜ。セミをしっかり食《く》うんだな。がんばれよ」

カラスのカンザブロウは、はねをばたばたさせて飛《と》びたつ準備《じゅんび》をしました。

チャックもカシノキをおりようと、下を見たとたん、あまりの高さにめまいがしました。いつのまに、こんなに高くまでのぼってきてしまったのでしょうか。

「ヒャアー、タスケテクレー！　おりられないよー」

チャックは、悲鳴《ひめい》をあげました。

「ばかだな、おまえも。おりられないほど高くのぼってどうするんだ。ぐずぐずしてたら、日干《ひぼ》しになっちゃうぜ」

カンザブロウは、口は悪《わる》いのですが、あんがい親切でした。ふるえているチャックを両足《りょうあし》でがっしりつかむと、ひとっ飛《と》びして、地面《じめん》におろしてくれました。

「ありがとう。カンザ

ブロウ」

チャックはほっとして、お礼《れい》をいいました。

カンザブロウは、

「アホー、アホー」

と鳴いて、飛《と》んでいってしまいました。

「カラスはカァカァだろ」

チャックは、少しはらがたちました。

5 コウモリのキチジロウ

つぎの朝早く、チャックが、木のほらの中でうとうとしていると、なんだか外がさわがしいのです。地面《じめん》を何かがはっているような音、落《お》ち葉《ば》をひっかくような音もしました。あわてて飛《と》びだしてみると、まだ夜が明けきらない、うす明かりの中で、何かがうごめいています。

それは、あなからはい出した、たくさんのセミの幼虫《ようちゅう》でした。うす暗《ぐら》い地面《じめん》を、何びきものセミの幼虫《ようちゅう》が、われ先にと、木のみきをのぼりはじめていました。

かれらは木の上にはいあがって、そこで、それまで着《き》ていた、きゅうくつなからをぬぎすて、幼虫《ようちゅう》からほんもののセミに変身《へんしん》するのです。ちぢんでいたはねもかわいてのび、声も出るようになるのです。

「よーし、おなかいっぱい食べるぞー」

チャックは、たちまち、二、三びきを口に入れました。

そのおいしいこと、歯《は》ごたえのいいことといったら！　ひさしぶりに、こんなにおいしいものを食べました。コロッとしたおだんごのようでした。

ムシャムシャムシャ。ペロペロムシャムシャ。

むちゅうで食べていると、何かが、空から落《お》ちてきてぶつかり、チャックのせなかに馬乗《うまの》りになりました。

鳥でしょうか？

うすいはねのようなものが、チャックの目をふさいでいます。まるで、「うしろのしょうめんだあれ」をしているみたいです。

ふりほどこうとしましたが、そいつは、小さいくせにつめを立てて、チャックのせなかにしがみついています。

はなせ！　はなせったら！　ギャオー、ギャオー！

チャックは、悲鳴《ひめい》をあげました。すごい声です。人間から、バケネコのようだといわれた、あの声です。

ギャオー、ギャオー、フー、フーッ、フッ……

その声に相手《あいて》がおどろいて、つかんだ手をゆるめたすきに、チャックはそいつを、せなかからひっぱがし、反対《はんたい》におさえこんでしまいました。

「いたいよー、いたいよー、はねがやぶれるー！」

そいつが、なさけない声でさけんでいます。

「だれだ、いったい……」

「チ・チ・チ・チ……チュウ、ククク、くるしい！」

「おまえ、ネズミか？」

「チ、チ、チ、チ、ちがうったら！」

頭はネズミそっくりです。いまは、小さくおりたたんでいますが、広げると大きなはねをもっています。体ぜんたいは、チョコレート色のうすい毛でおおわれていました。

気味《きみ》が悪《わる》くなったチャックが手をはなすと、そいつは、小さな手の先の小さなつめで、顔のわりには大きな耳をごそごそかき、小さなチョコレート色の目で、バツが悪《わる》そうにときどきチャックをぬすみ見ていました。

それから、やっと、口をひらきました。

「ぼくは、コウモリだ。鳥みたいだけど、鳥じゃないんだ。日がさしたとたん、まぶしくて目が見えなくなったんだよ。ぶつかって……」

ごめん、というのかと思ったら、

「あー、いたかった」

コウモリは、あやまりませんでした。

チャックは、コウモリというものをはじめて見ました。

「ぼく、いそいでるんだ。早く帰らなくちゃあ。コウモリは、明るくなってからうろうろするもんじゃないって、いつもママからいわれてるんだ」

コウモリは、はねがはえてはいますが、鳥のなかまではありません。はねを大きく広げると、鳥のように空を飛《と》べるのです。昼間はおもに、どうくつのおくや、都会《とかい》では、高速道路《こうそくどうろ》の橋《はし》げたの下などに、はねをたたんで、さかさにぶらさがっています。巣《す》から出て、エサの虫などをとるのは、夕方からつぎの日の朝までです。コウモリは、ネコやイヌや人間と同じように、おかあさんからおっぱいをもらって大きくなる、ほ乳動物《にゅうどうぶつ》のなかまなのです。

「ところで、ぼくはコウモリのキチジロウだけど、きみはイタチかい？」

と、鼻《はな》の先にしわをよせていいました。さっき、チャックから、ネズミとまちがわれたことに、はらをたてているのでしょう。

「ぼくは、ネコだよ。カラスネコのチャックさ」

チャックは、むねをはっていいました。それなのに、コウモリのキチジロウは、ますますばかにしたふうにいうのです。

「やせているから、てっきりイタチかと思った。それはいいけど、きみ、カラスネコだって？　そういやあ、まっ黒だな。年をとったら、ネコマタっていうバケネコになるやつだね」

「バケネコだって？　じょうだんいうなよ。ぼくのかあさんは、カラスネコは、うーんと長生きすると、ネコ神《がみ》さまから、神通力《じんつうりき》っていう、魔法《まほう》の力をもらえる、とくべつのネコなんだっていってたよ」

「ふーん、きみはあんがい、なんにも知らないんだね」

コウモリのキチジロウは、あわれむような、いやな目をしました。

キチジロウは、チャックのやせた体をじろじろ見ながらいいました。

「カラスネコだかなんだか知らないけどさ、きみ、よほどのばかだな。長生きしてネコマタになりたいだって？　ネコマタって、バケネコだぞ。バ・ケ・ネ・コ」

「だれが、ネコマタになりたいっていった⁉　いいおこないをして年をとると、バケネコなんかになるもんか。ぼくのひいひいじいさんも、りっぱなカラスネコなんだよ。いまは、年をとったから、五月山《さつきやま》にすんでるらしいんだ。ぼく、そのうち会いにいくつもりなんだ」

「え？　もしかして、それ、五月山《さつきやま》のブラック・ブラックのことじゃない？」

コウモリは、みけんにしわをよせました。

6 いやなうわさ

「ちがうよ。ひいひいじいさんの名前はクロベエだからね」

「そのクロベエってのが、いまはブラック・ブラックなのさ。五月山《さつきやま》の魔王《まおう》ともいわれてるんだ。有名《ゆうめい》な悪者《わるもの》だよ」

「そんなはずないじゃないか！　クロベエじいさんは、長いことネコバカリ小学校の校長先生をしてたんだ。だから、みんなから尊敬《そんけい》されているんだ」

「校長先生はしていただろうさ、だけど、それは大むかしのことで、いまはネコマタだよ。バケネコだよ。ネコマタっていうのは、ふつうしっぽの先がふたつに分かれているものなんだって、ママがいってた。だけど、ママもブラック・ブラックには、まだ、会ったことないんだ。会ってみりゃわかるさ。五月山《さつきやま》の展望台《てんぼうだい》の近くの〈ネコマタ御殿《ごてん》〉で、おおぜいの手下にかこまれてすんでるんだってさ」

「ネコマタ御殿《ごてん》だって？　やっぱり、それ、ぼくのひいひいじいさんじゃないよ。べつのネコだ」

「いや、クロベエがブラック・ブラックになったのさ」

「ちがうったら‼」

チャックは、どなりました。はらのたつやつです。

「どっちにしても、わざわざネコマタに会いにいくなんてやめとけよ。えらいめにあうよ。へたをすると殺《ころ》されるよ。うそじゃないって」

コウモリのキチジロウは、チャックをからかうようにいいます。

「クロベエじいさんは、ネコマタじゃないっていっていっただろ！」

チャックも、かっかとしてきました。もうひとことといったら、また、おさえこんでやる！

「それより、チャック、セミの幼虫《ようちゅう》なんて食《く》うんじゃねえや。かわいそうじゃないか」

「え？　どうして、かわいそうなの？　おいしかったよ」

「そこがネコのあさはかでばかなところだ。セミの幼虫《ようちゅう》は、七年ものあいだ、地面《じめん》に出る日をじーっと待《ま》ってるんだよ。なさけってものがないのかね、ネコには。地面《じめん》に出てすぐパクッとやられてみろ。だれだってもっと生きていたかったと思うだろ？」

　いわれてみればそれもそうです。やっと出てきたばかりの、まだよちよち歩きの幼虫《ようちゅう》を食べるのはらくです。でも、かわいそうな気もします。

「ぼく、ぜったい生きていたい。いますぐパクッ、はこまるよ」

「そのうえセミは、たった二週間しか生きられないんだよ。たった二週間で、おとなになって、けっこんして、子どもを産《う》まないといけないんだ。子孫《しそん》をのこすためにね」

「しそんって？」

「なんにも知らないやつだなあ、きみは。子孫《しそん》ってのは、子や、まごや、ひまごや、ひいひいまごのことさ」

「そうか、ぼくは、クロベエじいさんの子孫《しそん》ってわけだ」

「そうさ。ネコマタ、ブラック・ブラックのね」

「そうじゃないっていっただろ！」

またもや、けんかになりかけたとき、朝日がいっそうかがやきをまして、かめの森の中を照《て》らしはじめました。

「あ、目がくらむ、なんにも見えないよー。やっぱり、ママのいうことをきいて早く家に帰ればよかったんだ」

コウモリのキチジロウが、そわそわしだしました。

「だいじょうぶ？」

チャックがききましたが、

「だいじょうぶじゃないよ」

とこわい顔をしました。それから、やたらにはねをばたつかせて、さよならともいわずに、キーキー鳴きながら飛《と》んでいってしまいました。

それにしても、コウモリのキチジロウがいうことは、いちいちはらがたちました。

「あんなやつ、友だちになれなくてもいいや」

チャックは、しばらくぼんやりして、キチジロウの飛《と》び去《さ》ったあとを目で追《お》っていました。なんだかつかれました。

それにしても、五月山《さつきやま》のネコマタ、ブラック・ブラックとは、いったい何者《なにもの》なのでしょうか。

チャックは、カラスのカンザブロウとコウモリのキチジロウから聞いた話が、まさか自分のひいひいじいさんのクロベエだとは、とても信《しん》じられません。そんなことうそにきまっています。

そう思いながらも気になるのです。心にとげがささっているようで、わすれることができませんでした。

7

なくのは、きょうが最後《さいご》にしよう

チャックは考えました。

「まあ、いいや、そういうことなら、セミの幼虫《ようちゅう》はあきらめよう。といっても、おとなのセミをつかまえるのはむずかしい。キュウリをとっていると、そのうち、きっと三日月《みかづき》先生に三味線《しゃみせん》の皮《かわ》にされちまう。とすると、ぼくは、いったい、何を食べて生きていったらいいのだろう？」

ふいに、かなしさがこみあげてきました。なかないでおこうと思うのですが、なみだが、あとからあとからあふれてきました。

ひさしぶりに、むねのおくから声を出してなきました。もう、がまんができません。たまっていたさびしさやかなしさを、はきだすようになきました。

ギャオー、ギャオー、ギャオー、ギャオー

けれど、思うぞんぶんないたあと、チャックは決心《けっしん》したのでした。

「ぼくは、きょうかぎりで、もうなかない。だって、おなかがへるだけだもの」

チャックは、寝場所《ねばしょ》にしているかめの森神社《じんじゃ》のシイノキのほらでひとねむりしました。目がさめると、あたりにはもう夕闇《ゆうやみ》がせまっていました。

「あーあ、よくねたなあ」

ぶつぶついって、外に出てみると、神社《じんじゃ》のほうが、なんだかさわがしく、ふえやたいこの音、おおぜいの人の声まで聞こえてきました。

「なんだろう？」

かめの森神社《じんじゃ》の境内《けいだい》には、たくさんのちょうちんや明かりがともされ、昼間のようです。きょうは、夏越祭《なごしまつ》り（夏祭《なつまつ》り）の夜でした。食べものやおもちゃを売る屋台《やたい》が出て、大にぎわいです。

イカのやけるおいしそうなにおい、こうばしいやきトウモロコシのにおい、たこやきや、リンゴアメなどのあまいにおいがただよってきました。

チャックのおなかが、ぐー、と鳴りました。

ふいに人ごみのなかで、「ニャニャニャーニャアー」という声がしたので、チャッ

クはふりむきました。ユキヒメかあさんのように体はまっ白、足の先だけが黒いソックスのネコ——ユキ姉《ねえ》さんです。赤い皮《かわ》の首輪《くびわ》をしていました。

「あ、あんた‼　チャックじゃないの⁉　元気だった？」

とうれしそうに、体をおしつけてきました。

「あ、ユキ姉《ねえ》さん！　いまどこにすんでるの？」

チャックも、なつかしくてユキ姉《ねえ》さんにすりよりました。

「わたし？　わたしは、すぐそこの交差点《こうさてん》のかど。〈まがりかど〉っていう喫茶店《きっさてん》で飼《か》われてるの。ご主人《しゅじん》さまにだいじにしてもらってるし、外出自由《じゆう》だしね」

「しあわせなんだね、よかった。デンキチ兄《にい》さんのことは、なにか知ってる？」

「兄《にい》さん、すごいわよ。いま飼《か》いぬしといっしょに、外国航路《こうろ》の大きな船に乗《の》ってるって。いまは、日本のうらがわのブラジルあたりでしょうよ」

「ふーん。じゃあ、ミル姉《ねえ》さんとミミ姉《ねえ》さんは？」

「シマシマテールのミルは、大金持《おおがねも》ちのおばあさんに飼《か》われているんだけど、外には出してもらえないらしいの。キャラメル・ミミは、あのあとすぐ、もらわれていった家を飛《と》びだしたのよ。あれから、どうしているかしら」

WANTED
キャラメル猫
みつかったら
おしえてください!!
ミル姉さん
デンキチ兄さん
CAFE
ユキ姉さん

チャックは、いちばんききたいことを思いきってききました。

「そ、それから……かあさんのことは？」

思わず声がかすれました。

「あれっきり、わからない。もう、死《し》んでしまったかもしれないわね。ぼろぼろになっていたもの……」

黒ソックスのユキ姉《ねえ》さんも、声がふるえていました。

「じゃ、また会おうね」

「うん、ユキ姉《ねえ》さんも元気でね」

ふたりは人ごみのなかでわかれました。

その晩《ばん》、チャックは、人間たちがおとしていったやきイカのきれはしやたこやきをひろって食べ、ひさしぶりに、おなかいっぱいになったのでした。

そして、かめの森幼稚園《ようちえん》の土管《どかん》の中で、かあさんやきょうだいたちとすんでいたころのことをなつかしく思い出しながら、ひさしぶりにぐっすりとねむりました。

チャックは、シイノキのほらの中で丸くなって、一日じゅううつらうつらして、おなかがすくと、近くの家が出したゴミぶくろをあさるようになりました。

でも、ゴミぶくろがやぶられて、ゴミがちらばっているのを見た人間たちからは、口ぎたなくののしられました。

「あ、あいつだ！　黒いチビのバケネコだ！」

見つかると、すっ飛《と》んでにげましたが、石があたって、せなかにけがをしたこともあります。そんなときは、かあさんがしてくれたことを思い出して、自分で傷口《きずぐち》をなめてなおしました。

チャックは、自分が、このあたりではすっかり、きらわれものになったことを知りました。

「カラスネコはやっぱり、きらわれるのかな」

チャックは、かなしくなりました。

そんなとき、思い出すのは、かわいがってくれたかあさんのことです。いつもチャックのことを心配《しんぱい》してくれたユキヒメかあさんのことでした。

「かあさんは、いつも、『カラスネコはきれいだ』っていってくれたっけ。いつかは、ネコ神《がみ》さまからとくべつの神通力《じんつうりき》をもらえる、とくべつのネコだって。それから、こうもいってくれたんだ。『カラスネコとしてホコリをもって生きなさい』と。かあさんに会いたいなあ。どこへいっちまったんだろう」

ユキヒメとよばれた、美《うつく》しいすがたが目にうかびます。

「そうだ。かあさんは、こまったことがあったら、五月山《さつきやま》にすんでいる、ひいひいじいさんのクロベエじいさんに会いにいってごらん、っていってたな」

そんなことも思い出しました。そうは思っても、おなかがすいていて、とても五月山《さつきやま》にクロベエじいさんをたずねていく元気がありませんでした。

ある日、ゴミぶくろのかげで、まっ白な何かが動《うご》いていました。

チャックのむねは、どきんとしました。

8 青い目の白ネコ

「かあさんだ！　かあさんが帰ってきた！」

チャックは、ゴミぶくろにかけよりました。

でも、そこには、うすよごれた青い目の白い子ネコが、毛をさかだてていました。

ユキヒメかあさんとはにてもにつかない、うすよごれた白い子ネコです。

チャックは、がっかりして、ゴミあさりはまたにしようと、その場からはなれようとしました。

そのとき、白ネコが「ミャー」と鳴いて、チャックに飛《と》びついてきました。そして、チャックのおなかの下にもぐりこむと、まるで、かあさんネコのおっぱいをさがすように、ぐりぐりと、頭をおなかにこすりつけてきました。

「くすぐったい、やめろよ！」

チャックは、飛《と》びのきました。

それでも、白ネコはあきらめません。かなしそうに、ミャーミャーと鳴いて、頭をおしつけてきます。こんなに小さいのに、親とはぐれたのでしょうか。

――ぼくも、かあさんとわかれたのは、これぐらいのときだった。

かわいそうだとは思いましたが、チャックは、そのままにげようとしました。だって、いまは、自分が生きていくだけでせいいっぱいなのですから、こんなチビネコのめんどうなどみきれません。ごめんこうむります。

しばらく走ってからふりかえると、なんということでしょう。白いチビは、チャックにおくれまいとして、いっしょうけんめいついてくるのでした。チャックがとまると、白チビは、すかさず、チャックのおなかの下にもぐりこみ、おっぱいをさがすのです。チャックは、しかたなくいいました。

「しょうがないな。ぼくはオスだから、おっぱいなんか出ないよ。だけど、そんなについてきたけりゃあ、ついてきてもいいよ。ぼくは、カラスネコのチャックだ。のらネコさ」

「ありがとうニャー、チャック」

白チビは、安心《あんしん》したのでしょう、うれしそうに、めちゃくちゃチャックに頭と体をこすりつけてきました。チャックがよろけるぐらいに。

「ぼく、ハクっていうんだ。ハクは白いって意味《いみ》なんだって、ママがいってたニャー」

「じゃあ、ハク、これからぼくは、五月山《さつきやま》のひいひいじいさんに会いにいこうと思うんだけど、いっしょに行くかい？」

「チャックの行くところなら、ぼく、どこへでも行く。だって、ぼく、ひとりだと、さびしいからニャー」といいます。

「ぼくのひいひいじいさんのクロベエは、神通力《じんつうりき》をもっているえらいネコだよ」

二ひきは、五月山《さつきやま》に行くことにしたのでした。

チャックは、神通力《じんつうりき》のことを説明《せつめい》してから、

「わかったかい？」

とハクにきくと、

「わからニャイ」

といいます。

チャックは、かめの森で出会ったカラスのカンザブロウや、コウモリのキチジロウがいっていたことも気にかかるのでした。カンザブロウもキチジロウも、クロベエじいさんは、ほんとうは、しっぽの先が、ふたまたに分かれているバケネコのネコマタだっていうのです。おまけに、ブラック・ブラックとよばれて、みんなにおそれられている悪者《わるもの》だと。でも、そのことは、小さなハクをこわがらせないように、だまっていることにしました。だまっていても、会えば、すぐにわかることでした。

八月の終《お》わりの太陽《たいよう》は、ギラギラとやけくそのように一日じゅう照《て》りつけていました。これでは、もう、いつまで待《ま》っても、秋はこないのではと思わせました。

かめの森からは、五月山《さつきやま》がすぐ近くのように見えるのですが、いざ行くとなると、車のよく通る道を何本かこえていかなければなりません。できるだけ人通りのない、畑《はたけ》やあき地をつたって、山にむかって二ひきは走りに走りました。

小さなハクは、ときどきつかれて、ふうふういってすわりこんでしまいました。それでも、チャックにおくれまいとして、いっしょうけんめい走ってついてきました。

友だちというには、ハクはおチビさんで、いっしょにいると、せわがやけるばかりでうんざりもしましたが、チャックは、ハクが自分に追《お》いつくまで、根気《こんき》よく、なんでも待《ま》ってやりました。

とちゅう、車の多い道を横《よこ》ぎらなくてはならないときは、車のとぎれたときに、ゆっくりと、ならんで走ってやりました。

チャックとハクは、まっ黒とまっ白です。いっしょに走ると黒白のまりが飛《と》びだしてきたとでも思うのか、車のほうでびっくりしてとまってくれました。

9

闇《やみ》にひびく声

五月山《さつきやま》のふもとについたときは、もう、日がくれかかっていました。

クロベエじいさんは、この山のどこにすんでいるのでしょうか。ハクも心細そうに、チャックによりそってきました。

「なんだか、気味悪《きみわる》いよ。ぼく、こなけりゃよかったニャー」

「心配《しんぱい》するなよ、ハク。ぼくのひいひいじいさんは、きっと、やさしいネコだよ。だいじょうぶだよ」

とはげましたのですが、ハクは、

「そうだといいけどニャー」

と、小さな声でいいました。

ネコの鼻《はな》はとてもよくききます。チャックは、ネコのにおいの強いほうへと、鼻《はな》を

ひくひくさせながら、山道をのぼっていきました。ずいぶんたくさんのネコのにおいがする〈ネコダケ道〉にさしかかりました。

五月山《さつきやま》はひくい山ですが、ひくくても山は山で、ふりかえると、ずっと遠くにきらきらと光る電気の海が広がっていました。人間たちが「百万ドルの夜景《やけい》」とよろこぶ都会《とかい》の夜のけしきです。あたりは、もうすっかり暗《くら》くなっています。

そのとき、ネコダケ道をぶらぶらとおりてくる二ひきのわかいネコと出会いました。一ぴきは、茶色のシマシマ。もう一ぴきは、黒のシマシマです。

チャックは、ほっとして、ていねいに声をかけました。

「すみません。このへんに、クロベエじいさんの家はありますか?」

二ひきは、じろじろと、チャックとハクを見ていましたが、茶シマが、めんどうくさそうにこたえました。

「クロベエじいさんだって?　そんなやつ知らねえよ」

「年とった、まっ黒のカラスネコです。ぼくの、ひいひいじいさんなんです」

黒シマは、みけんにしわをよせました。

「カラスネコだって?　そんなのは、世《よ》の中《なか》にごまんといるぜ」

黒シマがじゃまくさそうにいいました。

「カラスネコなら、うちの親分もそうだが、クロベエなんかじゃねえよ。気やすくクロベエじいさんなんてよんでみろ、ぶっ飛《と》ばされるぜ。鼻息《はないき》でな」

茶シマがいいました。

「そうさ、うちの親分は、ブラック・ブラックっていいなさるんだ。それより、とっとと、帰りな。このあたりは、ブラック・ブラック・ブラック親分のなわばりだ。ぐずぐずしてるとしまいには、いたいめにあうぜ」

「親分に見つかったら、ぶじじゃ帰れねえと思いな」

二ひきのネコは口々《くちぐち》におどします。

チャックが会いにきた、ひいひいじいさんのクロベエは、やっぱりネコマタ、ブラック・ブラックなのでしょうか。

そんなはずはありません。

かあさんがいっていました。クロベエじいさんは、ネコ神《がみ》さまから神通力《じんつうりき》をさずけられて、みんなから尊敬《そんけい》されているりっぱなネコのはずです。

チャックは、おそろしさにふるえているハクにいいました。

「ねえ、ハク、どうやら、ぼくのひいひいじいさんのクロベエは、もう死《し》んでしまったらしいよ。せっかく会いにきたけど、かめの森神社《じんじゃ》の森に帰ろう」

そのときでした。もうすっかりくれてしまった山の中から、おそろしいうなり声が聞こえてきました。

うおぉぉー、うおぉぉー、うおぉぉー

まるで、ライオンかトラのうなり声です。けれど、聞きようによっては、かなしそうな、おなかにひびく鳴き声が、闇夜《やみよ》にひびきわたりました。

うおぉぉー、うおぉぉー、うおぉぉー、うおぉぉー

その声を聞いたとたん、黒シマと茶シマは、とたんに五十センチも飛《と》びあがり、体をよせてふるえだしました。

10

ネコマタ、ブラック・ブラック

山の木々《きぎ》が、きゅうにざわざわとさわぎ、気味《きみ》の悪《わる》いなまぬるい風が、ネコダケ道をふきぬけていきました。

道のわきのしげみが、がさごそ鳴ったと思うと、いきなり、黒くて大きな怪物《かいぶつ》が飛《と》びだしてきました。

それは、ネコの形をしていましたが、ネコというにはあまりにも大きく、体はヒョウほどもあり、おまけに、太くて長いしっぽが地面《じめん》をはっていました。しっぽの先は、ふたつに分かれて……はいませんでした。

目は赤く、らんらんと光っており、闇《やみ》の中で、体ぜんたいから、鬼火《おにび》のような青白い光を放《はな》っているのもぶきみです。

これこそ、五月山《さつきやま》の魔王《まおう》、うわさのネコマタ、ブラック・ブラックにちがいありません。

ネコマタは、きげんの悪《わる》いひくい声で、こしをぬかしているわかいネコにききました。

「なんだ。こいつらは」

「ひゃー、親分、おこんばんはでございます。おさんぽでございますか?」

ふるえつつ、おせじ笑《わら》いをしつつ、黒シマがこたえました。

「このチビどもは、何者《なにもの》だときいておるのだ！　いらぬことをいうな！　フゥー」

おどされた黒シマはこしをぬかし、かたわらの木の上にようようにげのびました。のこった茶シマが、あわてて、「は、はい、こいつは、クロベエとかいう年よりネコをたずねてきたといっておりますです、はい。え、へへへへ……」

「何がおかしい。笑《わら》うな」

ブラック・ブラックは、ますますふきげんになりました。

茶シマは、がたがたふるえて、

「か、かしこまりました。もう笑《わら》いませんです、はい。おまえたち、ブ、ブラック・ブラック親分にごあいさつをしろ」

と、チャックとハクにいいました。

「あいさつなどいらん。このやくたたず。ひっこんでろ！　フゥー」

茶シマもこしをぬかしましたが、はうようにして、木のえだににげました。黒シマと茶シマの二ひきは、同じえだにならび、落《お》ちそうになりながらも、まだ必死《ひっし》におべっか笑《わら》いをしていました。

「おどかしてすまなかったな」

ネコマタ、ブラック・ブラックは、あいそ笑《わら》いをうかべて、じろっと、チャックとハクを見ました。

チャックは、こんな気味《きみ》の悪《わる》い笑《わら》い顔《がお》を、見たことがありませんでした。おこっているようでもあり、笑《わら》っているようでもありました。つぎのしゅんかん、かみ殺《ころ》されてもおかしくはない、おそろしい顔でした。

チャックは、にげようと思いましたが、足が動《うご》きません。

「ところで、おまえたち、クロベエに会いにきただと?」

ネコマタは、ききました。もう、その顔からあいそ笑《わら》いは消《き》えていました。

チャックは、勇気《ゆうき》をふりしぼって、ネコマタにききました。

「す、すみません。ぼく、チャックといいます。もしかして、あなたは、ぼくのひいひいじいさんの、クロベエさんではありませんか?」

「おれが、クロベエだと?」

「た、たぶん、そうではないと思いますが……」

「ふん、あたりまえだ。おれはブラック・ブラックだ。もんくあるか。クロベエとかいうのがおまえのひいじいさんか」

「いいえ、ひいひいじいさんです」

「どっちでもいい。同じことだ。世《よ》の中《なか》のネコは、おれか、おれでないかだ。ネコには、そのふたつしかないのだ。わかったか」

「わかりません」

「**なんだと！**」

ネコマタの目が光りました。

「**もういっぺん、いってみろ、なまいきな！　おれにさからうと、どういうめにあうか、わかっていってるのか！**」

ブラック・ブラックは、いっそう目を光らせ、サッカーボールほどもある顔を、チャックに近づけてきました。なまぐさいにおいで、息《いき》がつまりそうです。

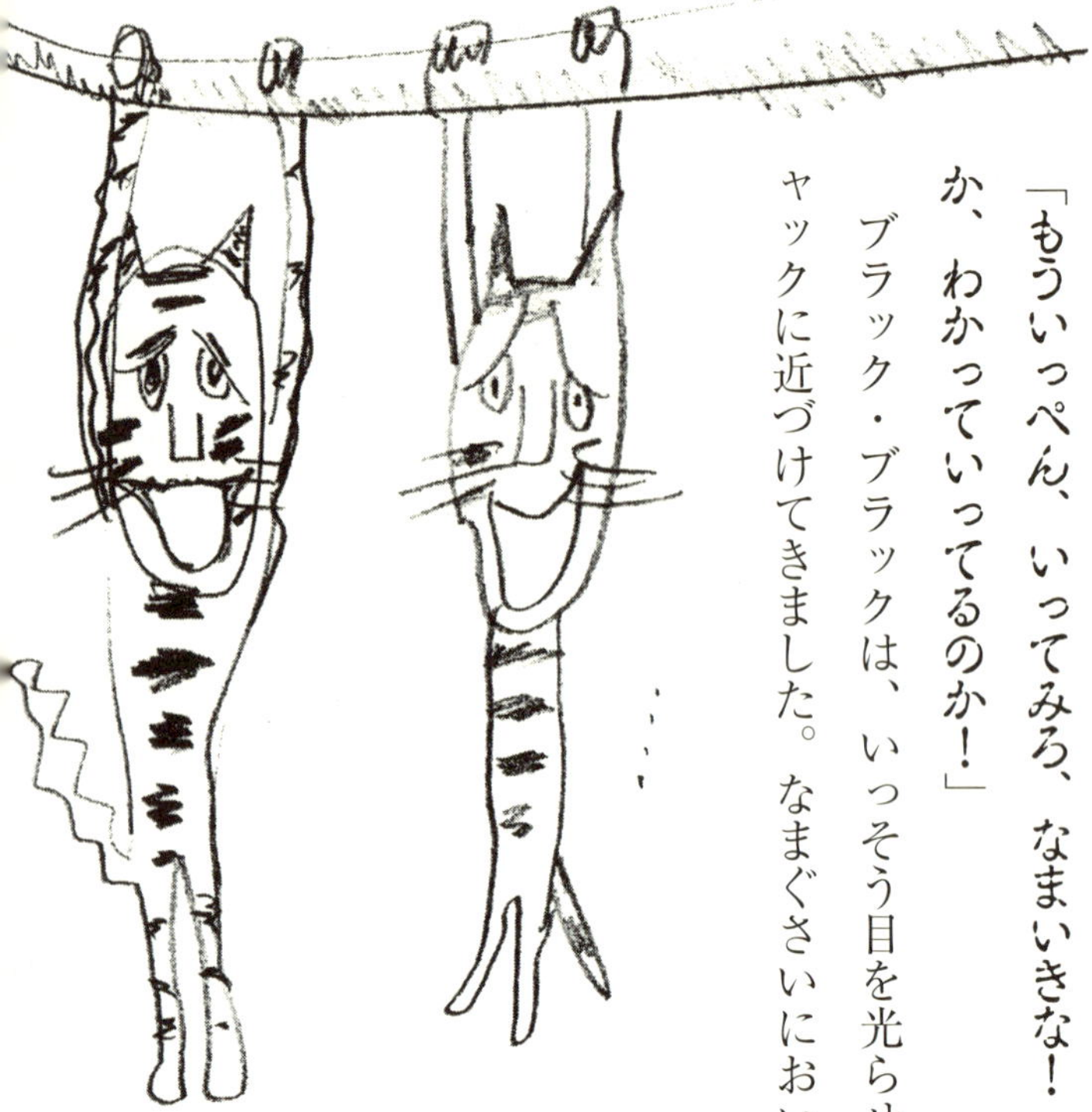

11 ユキヒメかあさんを知っていますか？

「ぼく、あなたのいってることが、まちがってると思います」

「何がまちがっておる！　なまいきな」

「でも、あなたやぼくやこのハクは、みんな一ぴきのネコです。あなただけがべつの種類《しゅるい》だなんておかしいです」

「ハクってのは、そこのうすぎたないチビか。りくつばかりこねやがって」

ネコマタ、ブラック・ブラックは、はらをたてながらも、チャックを鼻息《はないき》でおどすことはしません。ということは、まだ、話をしてもいいということなんだ、チャックは、そう感《かん》じました。

チャックは、もうあきらめていました――この目の前のおそろしい怪物《かいぶつ》が、ぼくのひいひいじいさんのクロベエであるはずはない……。でも、せっかくきたんだから、

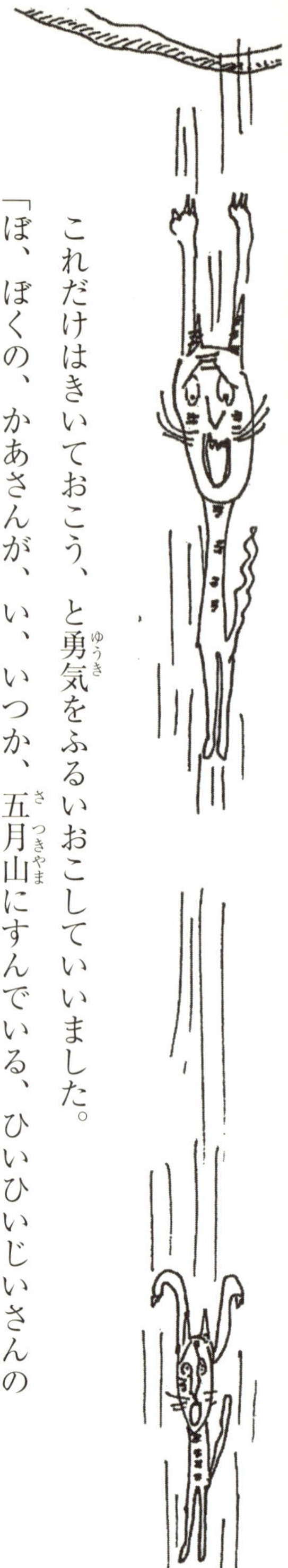

これだけはきいておこう、と勇気《ゆうき》をふるいおこしていいました。

「ぼ、ぼくの、かあさんが、い、いつか、五月山《さつきやま》にすんでいる、ひいひいじいさんのク、クロベエさんをたずねなさい、といってたんです。ネコバカリ小学校の校長先生で、とてもえらいネコで、みんなから尊敬《そんけい》されて……」

「ふー、ふーーーー」

ネコマタは、チャックのことばを鼻息《はないき》でさえぎりましたが、やっぱりチャックがにげだすほど強くではありませんでした。

「おまえのかあちゃんってのは、なんていう名だ？」

「ユキヒメです」

それを聞いたネコマタは、びっくりした顔をして、チャックをながめました。ネコマタはだまって、あなのあくほどチャックを見ています。赤かった目がミドリになっていきました。しばらくして、

「ユキヒメか。そんなやつ知らんな」

きゅうに、ネコマタは、はきすてるようにいいました。

「クロベエなら、むかしこのあたりにいたことはいたが、あいつはもうとっくに死《し》んだよ。ずーっと前のことだ。そういえばあいつは、ネコバカリ小学校で校長だとかいって、みんなに尊敬《そんけい》されるのが何より好《す》きなネコだった。わしは、ブラック・ブラックだ。もんくあるか！」

ここまでいわれれば、ブラック・ブラックは、クロベエじいさんではないでしょう。

「失礼《しつれい》しました。ぼく、もうあきらめます。ハク、帰ろう」

チャックは、ハクによびかけました。

そのとき、何を思ったかブラック・ブラックが、きゅうに、気味《きみ》の悪《わる》い笑《わら》い顔《がお》にもどり、ネコなで声でいいました。

「そうか、それはごくろうだったな。ところで、おまえ、せっかくきたんだ、おれの家によっていく気はないか？」

その家こそは、ブラック・ブラックのすみか、ネコマタ御殿《ごてん》です。そこへ行くなんてとんでもないことです。

「ありがとうございます。でも、けっこうです」

チャックは、ていねいにことわりました。

「おれのさそいをことわるつもりか？」

ネコマタの目が、こわれた信号機《しんごうき》のように、赤からミドリ、ミドリから赤にめまぐるしく変《か》わります。

「そんなところに行ってもしかたがありません」

「しかたがないだと？　なまいきな。ひとが親切にこいとさそってるのに、行かないですむか！」

「あなたの家というのは、ネコマタ御殿《ごてん》のことですか？」

「ネコマタ御殿《ごてん》だと⁉　だれがそんなことを……」

「御殿《ごてん》に行って何をするんですか？」

「何をする？　何もしなくてもいい。ただ、御殿《ごてん》のりっぱなことをほめたたえるだけでいい。めしも食《く》わしてやる」

「やっぱり、ぼく、行きません」

「ばかなやつめ。御殿《ごてん》をおまえにゆずろうといってもか？」

ネコマタは、チャックの目をじっと見ました。

「御殿《ごてん》なんかいりません」

チャックは、ハクをうながして、ネコダケ道をかけおりました。

しばらくすると、うしろから、大きな声がしました。

「おい、チャック！　チャック、待《ま》ってくれ！」

その声は、まさしく、ネコマタでした。

チャックは、立ちどまりました。そして、ふりかえりました。

そこには、おそろしいネコマタ、ブラック・ブラックとはにてもにつかない、やせ細った黒ネコが立っていました。しっぽの先はふたつに分かれていました。あちこちの毛がぬけて、はげちょろでした。みすぼらしいおいぼれネコです。

もしかして、これがさっきのネコマタ？

そんなはずはありません。だいいち、大きさがちがいます。

「あなたはだれですか？」

チャックがおどろいてききました。

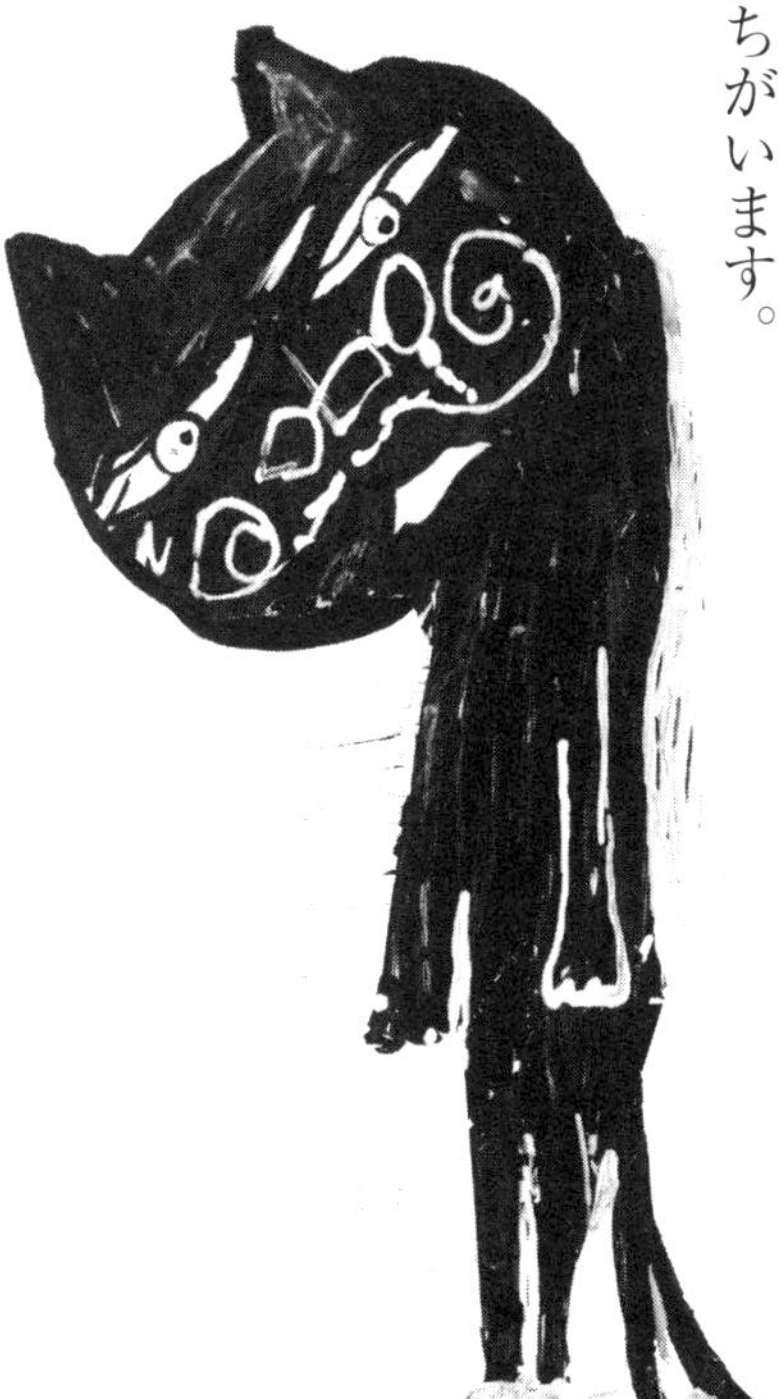

12 ネコマタの正体《しょうたい》

「ブラック・ブラックだ。クロベエだ」

と、よわよわしい声がかえってきました。

「で、でも、さっきまで、あなたは、もっと大きかった……」

「これのことか?」

おいぼれネコは、道ばたにあった黒い毛皮《けがわ》の山をさしました。

「おれは、いつもこれを着《き》てるんだ。このきぐるみをな」

「なぜですか?」

「大きく見せるためだ。もんくあるか。チャック、といったな。おまえ、ほんとうにユキヒメのむすこか?」

「そうです。あなたが、クロベエじいさんなら、ぼくは、あなた

のひいひいまごです。でも、クロベエじいさんは、りっぱなカラスネコで、ネコ神《がみ》さまから神通力《じんつうりき》をもらったと、ぼく、かあさんから聞きました」

「むかしはな。むかしのクロベエというやつは、みんなに尊敬《そんけい》されるりっぱなネコだった。いまのおれは……」

ネコマタは、いえ、みすぼらしいじいさんネコは、ふと、さびしそうな顔になって、大きなためいきをつきました。

「いまは、おれのことを尊敬《そんけい》するやつなどいるもんか。だいじに思ってくれるものもな。おれは、ひとりぼっちさ。おべっかをつかうものにかこまれて、この蛍光塗料《けいこうとりょう》をぬりたくった毛皮《けがわ》で、自分を大きく強そうに見せるのにも、おれは、つかれた」

毛皮《けがわ》をぬいだネコマタ、ブラック・ブラックは、もう、どこから見てもよわよわしい年よりネコでした。

「クロベエじいさん、あなたの神通力《じんつうりき》をつかっても、みんなから尊敬《そんけい》され、愛《あい》されることはできないのですか?」

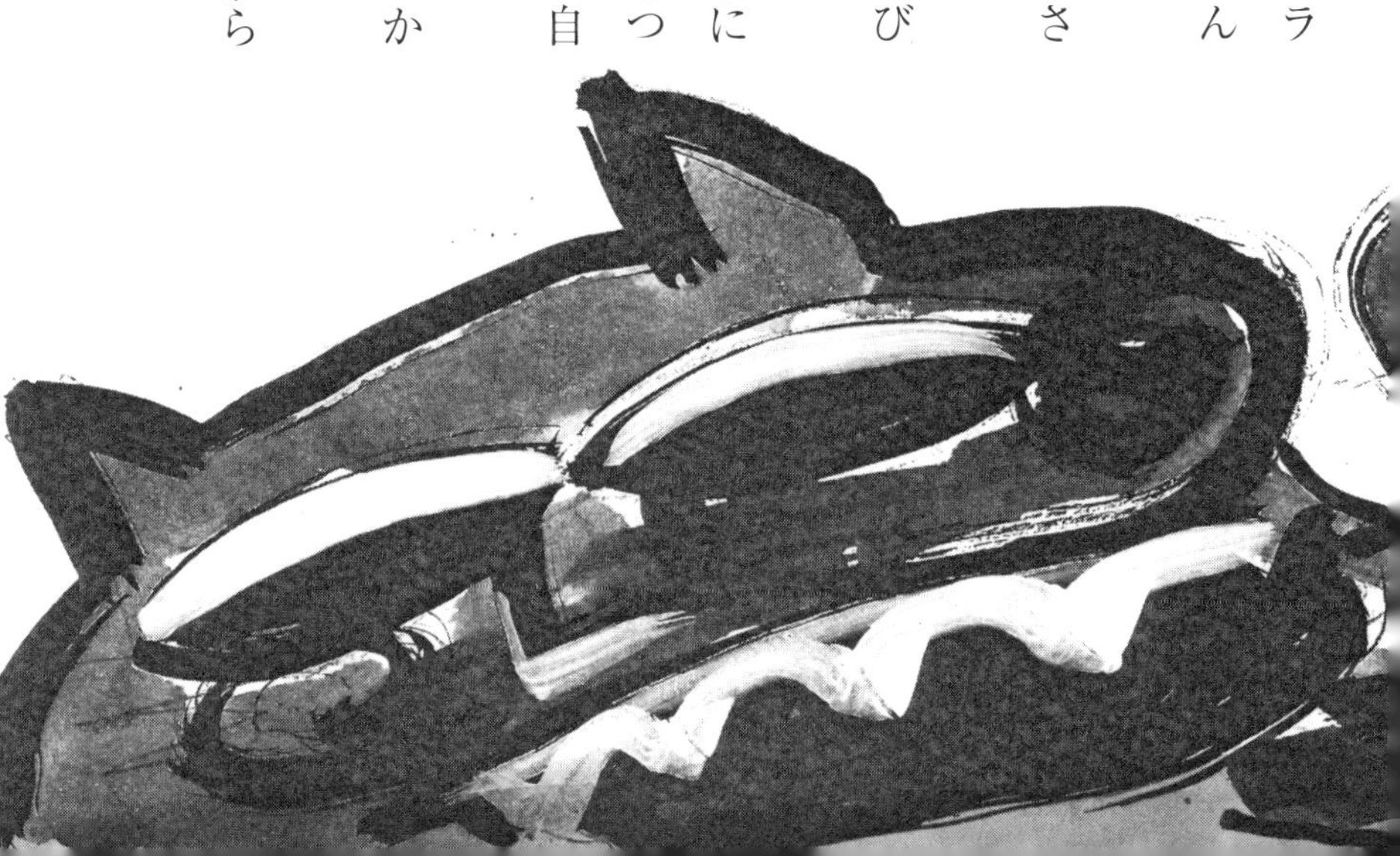

「ああ、だめだ。神通力《じんつうりき》なんか、とうのむかしにとりあげられたさ。おれは、ネコ神《がみ》さまから、見はなされちまった」

「どうして、ぼくをよびとめたんですか？」

チャックは、ふしぎでした。ネコマタが正体《しょうたい》をあらわしたほんとうの理由《りゆう》は？

「それは、なんだよ。おまえが、どうやら、おれのかわいがっていた、ひいまごのユキヒメの子らしいのでな。あれは、世《よ》にもまれな美《うつく》しくて、かしこいネコだった。どうだろう、チャック、おまえは見どころのあるチビだ。おれのあとをついで、ブラック・ブラック二世《にせい》になってくれないか」

「ブラック・ブラックになって、御殿《ごてん》にすんで、みんなを苦《くる》しめろと？」

「とんでもないよ、チャック。おれのまねをすることなんてないんだ。おれのひいひいまごが見つかった。きょうからおれのあとをついで、ブラック・ブラック二世《にせい》だというだけでみんなはみとめる。チャック、考えてみろ。御殿《ごてん》の生活も悪《わる》くはないぜ。ごちそうだって、食《く》いほうだいだ。このままいっしょに御殿《ごてん》に行こう。な、チャック」

「ぼくにあとをつがせて、あなたはどうするんですか?」

「そうだな。毛皮《けがわ》をぬいで、おいぼれネコとして気楽にくらすよ。ときどきは、おまえたちに会いにもいく。ずーっと、夢見《ゆめみ》てきたふつうのくらしをして、ある日、ぽっくり死《し》んで、ネコ神《がみ》さまのもとにめされるのさ」

もとクロベエじいさんは、そういうと、きれいな金色の目になみだをためて、星空を見あげました。

「クロベエじいさん、ほんとうのことをいってくれてありがとう。だけど、やっぱり、おことわりします。でも、ぼく、思いきってあなたに会いにきてよかったです」

「チャック、もう一度《いちど》たのむ。おれの御殿《ごてん》にきてくれないか? きぐるみなんか着《き》なくたっていい。ほめてなんかくれなくてもいいよ」

真剣《しんけん》な声でした。すがりつくような目でした。

そのとき、ネコダケ道をかけおりてくる、たくさんのネコの足音がしました。クロベエの目がきらりと光りました。このしゅんかん、おいぼれクロベエは、ブラック・ブラックにもどりました。

クロベエは、すばやく道ばたの毛皮《けがわ》をかぶりました。青白く光る黒い毛皮《けがわ》のきぐるみ・を着《き》こめば、たちまち、みんながおそれるブラック・ブラックです。

息《いき》をきらせ、走りよってきたのは、ブラック・ブラックの子分たちでした。

「お、親分、だいじょうぶですか？」

「ごぶじで、なによりでした！」

「うるさい！　だまらんかァァ！」

大音声がひびきわたりました。ネコマタ、ブラック・ブラックは、子分をどなりつけると、そのまま、なにごともなかったように行きかけましたが、ふと、チャックとハクをふりかえり、

「もう、くるんじゃねえぞ。あばよ」

と、小声でいいました。

つぎのしゅんかん、青光りした体が、かたわらのやぶの中に消《き》えました。

チャックは、必死《ひっし》でついてくるハクをなんども立ちどまって待《ま》ってやりながら、夜が明けるころ、やっと、かめの森神社《じんじゃ》の森にたどりつきました。そして二ひきは、そのまま、まる一日ぐっすりねむりこけました。

二日目の朝、チャックは、ハクをつれてねぐらのシイノキのほ・ら・を出ました。

「さあ、いまから食べものをさがしにいこう。ぼくは、これから、だれかにたよるなんてことはぜったいしない。のらネコとして、カラスネコとして、ひとりで生きていくつもりだ。だけど、ついてきたかったら、もうしばらく、ぼくについておいで」

かめの森には、もう、うるさく鳴いたセミの声はしませんでした。夏が終《お》わり、しずかな秋が近づいているのです。

かめの森の用《よう》心《じん》棒《ぼう》コンビ

1

ふわふわさん危機《きき》一髪《いっぱつ》

チャックとハクが、五月山《さつきやま》にすんでいるクロベエ、じつはネコマタのブラック・ブラックに会いにいったのは去年《きょねん》の夏のことでした。

チャックはあいかわらず、かめの森神社《じんじゃ》の境内《けいだい》にすんでいました。小さいときすんでいたシイノキのほらを出て、いまは、同じ境内《けいだい》にある荒神社《こうじんじゃ》（神社《じんじゃ》の中には別《べつ》の神《かみ》さまのおやしろもあるのです）のゆか下にすんでいます。そこなら、木がおいしげっていて、屋根《やね》もあり、ふだんはほとんどだれもやってこないのでした。

ある日、チャックが鳥居《とりい》のそばを歩いていると、

「タスケテー、タスケテー」

という、メスネコの悲鳴《ひめい》が聞こえてきました。

チャックは、びっくりして声のするほうに走っていきました。

ワクワク

そこは神社《じんじゃ》の横《よこ》にある、三味線《しゃみせん》ひきの三日月《みかづき》先生のやさい畑《ばたけ》でした。小さいころ、チャックはよくこの畑《はたけ》のキュウリをとって食べていました。さくのあいだをくぐりぬけて畑《はたけ》にはいってみると、美《うつく》しいふわふわの毛をした白ネコが、にくらしい顔つきの大きな黒ネコに、畑《はたけ》のすみに追《お》いつめられているのでした。白ネコは、チャックを見ると、いっそうあわれっぽい声で助《たす》けをもとめました。

「そこの黒いチビネコ！　その子を助《たす》けてちょうだい！」

あれ？　どこかで、べつの大声がします。

チビネコだって!?　ぼくは、もうチビじゃない。

チャックが、むっとして声のするほうを見あげると、畑《はたけ》のむこうにたっている三日《みか》月《づき》先生の家の二階《にかい》のまどから、女の人が体をのりだしてさけんでいるのでした。

あまりの大声におどろいて、黒ネコがきょろきょろしたすきに、白いふわふわがチャックのそばににげてきました。

白ネコは、ふるえながらないています。

チャックは、「ふわふわさん、もうだいじょうぶだよ。

なかなくていいんだよ」と、自分のうしろに白いネコをかくしました。

大きな黒ネコのひたいには、白い三日月《みかづき》もよう。一度《いちど》見たらわすれられないニャン相《そう》の悪《わる》さです。三日月《みかづき》もように白い毛がはえているのかと思ったら、どうやら、それは、けんかの傷《きず》あとのようでした。

「ふん、ええかっこさらすな！　とっととうせやがれ！」

とわめき、頭をななめにつっかかってくると、いきなりチャックの顔に、二《に》、三度《さんど》するどいパンチ！　もう、ゆるせません。

黒ネコは、おそいかかるタイミングをはかっているようです。これは強そうです。首輪《くびわ》はしていません。このあたりでは、はじめて見る大きなのらネコです。

チャックは、もともとけんかというものが苦手《にがて》でした。だから、けんかになりそうになると、いつも、相手《あいて》をにらみつけ、声でおどしながら、ゆっくりと遠ざかるのです。

ギャオーギャオー　ギャオーギャオー
という、チャックのネコらしくない、バケネコみたいだと人間もおそれるぶきみな声に、相手《あいて》がひるんでいるすきに、だんだん遠ざかり、すがたをかくすのです。それを

「にげる」ともいいますが、チャックは気にしません。
チャックは、自分の声がきらいでしたが、大きな武器《ぶき》だということを知っていました。けれど、きょうの相手《あいて》は、どうもいつものやり方ではむりなようです。
黒ネコは耳をうしろにたおし、頭をひくくななめにし、おしりを横《よこ》に高くあげて（これはたいへんむずかしいかまえです。うそだと思うならやってみてください）、いかりくるってチャックに突進《とっしん》してくると、チャックの顔の前で、ぴたりととまりました。体じゅうの毛をさかだてて、ようすをうかがっています。せなかの毛はヒマラヤの峰《みね》のように立ちあがり、しっぽはコップ洗《あら》いのブラシのようにふくれあがっていました。
うなり声は、高くなったりひくくなったり、ときにはとだえたり。たぶん、いっしゅんのすきを見つけて、飛《と》びついてくるでしょう。

しかたがないので、チャックは、たたかうことにしました。

チャックのうしろでは、美《うつく》しいふわふわさんがふるえながらなりゆきを見守《みまも》っているはずでした。もうあとにはひけません。二ひきは飛《と》びつくタイミングをはかって息《いき》をつめ、動《うご》きをとめました。

2 三日月《みかづき》先生のおくさん

つぎのしゅんかん、だれかが合図《あいず》をしたかのように同時に飛《と》びかかっていきました。二ひきは、からみあいくみついたまま、畑《はたけ》じゅうを転《ころ》がりました。はなれると、にらみあい、またくみつきのくりかえしです。なかなか勝負《しょうぶ》がつきません。

さすがに二ひきともくたくたになりかけたとき、三味《しゃみ》線《せん》の公演先《こうえんさき》から帰ってきた三日月《みかづき》先生がこのようすに気づきました。

三日月《みかづき》先生は、納屋《なや》にすっ飛《と》んでいき、竹ぼうきをかまえると、めったやたらに二ひきを打《う》ちすえました。黒ネコはすばやくにげましたが、チャックは、その場にのびてしまいました。

「どろぼうネコめ、とうとうつかまえたぞ‼」

三日月《みかづき》先生は、こうふんして、目をギラギラさせています。

「なんてことをするんですかァーーー！」

とつぜん、頭の上から、かみなりが落《お》ちたようなドラ声がひびきわたりました。チャックが、その大声で気がつき、うす目をあけると、それは、二階《にかい》からどなっていた顔の大きい女の人でした。女の人のむねには、白いふわふわさんがだかれていました。どうやら、三日月《みかづき》先生のおくさんのようです。

「見ろ！　いつものどろぼうネコが畑《はたけ》をめちゃくちゃにしたんで、こらしめてやった！　こいつは小さいときから、よくうちのキュウリをぬすみにくるやつなんだ。ちょうど三味線《しゃみせん》の皮《かわ》が古くなっていたから、さっそくこいつではりかえよう」

三日月《みかづき》先生はじょうきげんでした。ところが、

「何をばかなことをおっしゃってるのォ‼」

「何が、ばかなことだ。だから、こいつは小さいときからうちの畑《はたけ》のキュウリをぬすむ、ど、どろぼうネコ……」

「**ばかも、やすみやすみにおっしゃーい‼**」

体が、奈良《なら》の大仏《だいぶつ》なみに大きいおくさんのドラ声は、あたりの空気をふるわせました。

「この黒ちゃんは、うちのかわいいサユリの大恩人《だいおんじん》なのよ！　あたくし、二階《にかい》からぜんぶ見てたんです！　いつもサユリをねらってる、ひたいに白い三日月《みかづき》もようのある黒ネコとゆうかんにたたかって、サユリを助《たす》けてくれたんじゃありませんか！　それをあなたったら、恩人《おんじん》を竹ぼうきで打《う》ちのめしたばかりか、三味線《しゃみせん》の皮《かわ》にするですって⁉　いったいあなたという人は、どういう方なの‼　あたくし、こんどこそ、サユリをつれて実家《じっか》に帰らせていただきます‼」

「サユリ」というのが、ふわふわさんの名前のようです。

「それは気がつかなかった。わたしが悪《わる》かった。さ、もうだいじょうぶだから、サユリをつれて家におはいり」

三日月《みかづき》先生は、きゅうにしょんぼりとしてあやまりました。

チャックは三日月《みかづき》先生に同情《どうじょう》したのでした。おくさんの、かみなりのような大声には、だれだって体も頭もしびれて、たちうちできないでしょう。

チャックは、その場でおくさんから、いつでも、畑《はたけ》でキュウリを食べることをゆるされました。そのうえ、ネコの出入り口から勝手《かって》に家にはいり、中においてあるふわふわさんのための皿《さら》から、おなかいっぱいキャットフードを食べることも自由《じゆう》になりました。これは、じっさい、のらネコ生活にはありがたいことでした。

「ごはんに不自由《ふじゆう》をさせないかわりに、これからも、あのごろつきからサユリを守《まも》ってやってちょうだい。サユリの用心棒《ようじんぼう》ってわけ。それがじょうけんよ」

おくさんはそういうと、

「さあァー、何をぼんやりつっ立ってるんです⁉」

と三日月《みかづき》先生をこづきながら、ふわふわさんをだいて家にはいってしまいました。

あのひたいに白い三日月《みかづき》もようのある黒ネコから、美《うつく》しいふわふわさんを守《まも》ることは、チャックにとっていやなことではありません。むしろ、ほこらしいことでした。

でも、ぼくにできるかな。もうこれ以上《いじょう》、けんかはしたくありません。

3

うまの森の三五郎《さんごろう》

その日の夜、チャックはハクにこの話をしました。

ハクは、チャックと同じ、かめの森神社《じんじゃ》の境内《けいだい》にすんでいました。

話を聞いたハクは、大乗《おおの》り気《き》でした。

「チャック、おれにまかせとけって。ひたいに白い三日月《みかづき》もようのある黒いのらネコか? そいつは、ひょうばんのワルだよ。〈ごろニャン一家〉の新しい親分だ。かめの森から三百メートルほど西にある〈うまの森神社《じんじゃ》〉が一家のなわばりだ。先代《せんだい》のゴロ八《はち》親分がそうとうな年よりでね、ついこの前、ひいひいまごのあいつに、親分の座《ざ》をゆずったってわけさ。あいつは、〈うまの森の三五郎《さんごろう》〉っていわれてる」

「へえ、よく知ってるね」

「新親分といってもね、あいつは頭があまりよくない。そのうえ、わかすぎる。とても親分ってがらじゃない。先代《せんだい》のゴロ八《はち》もしぶしぶゆずったんだけれど、まだ、すべてをまかしたわけじゃないんだ。うでっぷしだけは強いから、まわりはだれももんくをいわない。やつはそれをいいことに、やりたいほうだいだ。このままじゃ、このかめの森もあぶないよ」

「かめの森があぶない？ それ、ほんとう？」

チャックは心配《しんぱい》になりました。

ハクは、ピンクの鼻《はな》をうごめかしました。

「親分がゴロ八《はち》のときはよかったんだけどね。新しい親分の三五郎《さんごろう》になってから、あやしくなってきた。かめの森が、ごろニャン一家のなわばりになったら、おれたちかめの森にすんでいる動物《どうぶつ》はみんな追《お》いだされるよ。知り合いの老《ろう》ニャンに聞いたんだけど、ゴロ八《はち》のころに、かめの森で壮絶《そうぜつ》なたたかいがあったんだって」

「そうぜつな・た・た・か・いって？」

「たたかいでたくさんの血《ち》が流《なが》れたってこと。チャックは、頭は悪《わる》くないんだけど、ものごとをあんまり知らないね」

ハクは、小さいときは、チャックを尊敬《そんけい》して、チャックのいうことはなんでも聞きましたが、近ごろは少しなまいきなことをいうようになりました。

ぼくが、ものごとをあんまり知らないだって？

あれ？　前にもそんなことをいったやつがいたっけ。

そうだ。コウモリのキチジロウだ。あいつ、あれからどうしたかなぁ。

チャックは、かあさんとはぐれた小さいころ、かめの森で出会ったなまいきなコウモリのことを、いまはなつかしく思い出していました。やはり、そのころ出会ったカラスのカンザブロウには、ときどきかめの森で会いました。カンザブロウはいまも〈すっとびカラス宅急便《たっきゅうびん》〉の社員《しゃいん》でした。

かめの森は、たいせつなチャックのふるさとです。それに、ここにすんでいたら、いつかはまた、なつかしいユキヒメかあさんに会える気がするのでした。

「チャック、聞いてる？」

「ああ、うん。ふーん、ハクはもの知りだね」

「三五《さんご》郎《ろう》がなわばりにしているうまの森にも、むかしから古い神社《じんじゃ》があるんだけどね、そこにはいま、人間はだれもすんでいないんだ。神《かみ》さまだけはいるけどさ。何かのときはべつの神社《じんじゃ》の人たちや氏子《うじこ》さんたちがおせわをしにくるのさ。かめの森の神社《じんじゃ》には、お正月だ、夏祭《なつまつ》りだ、秋祭《あきまつ》り、七五三《しちごさん》だっていうたびに人が集《あつ》まるだろ？　屋台《やたい》もたつ。つまり、われわれネコもごちそうにありつけるから、うまの森の連中《れんちゅう》はうらやましくてしかたないのさ」

ハクは、いろいろ話してくれました。

「チャック、おれたちで三五郎《さんごろう》をとっちめてやろうぜ！」

チャックはため息《いき》をつきました。ごろニャン一家のごろつき三五郎《さんごろう》からふわふわさんを守《まも》る用心棒《ようじんぼう》、というしごとはなかなかたいへんそうです。

つぎの日から、三日月《みかづき》先生の家のまわりを、日に三度《さんど》はパトロールです。危険《きけん》なしごとでしたが、ハクはたのまなくてもついてきました。ハクは、もちろん三五郎《さんごろう》に出会うチャンスを待《ま》っているのですが、じつは、ふわふわさんにあこがれています。「サユリさまはきれいだなあ」と、うっとりしているのでした。

初夏《しょか》のひざしがまばゆい昼さがりのことです。
そよ風が三日月《みかづき》先生のやさい畑《ばたけ》をふきぬけてゆき、そろそろ食べごろのキュウリやトマトが、葉《は》かげでおいしそうににおっていました。
その日は、たまたまハクがパトロールの時間におくれました。
ふわふわさんが畑《はたけ》のはしで、いつものように、待《ま》っていました。
にゃーん、にゃおにゃお、にゃーん
とよびかけ、チャックも、
うおーん
とへんじをしました。
にゃーん
といったつもりなのに、
うおーん

となってしまうのです。小さいとき、あまりギャオギャオと鳴きすぎて、声がかれてしまったのでしょうか。

ふわふわさんは、「いつもありがとう!」といっているのでした。「どういたしまして」チャックもこたえました。ひとのためになるのは気持《きも》ちのいいことです。

畑《はたけ》の中をパトロールしていると、いつのまにかふわふわさんがチャックのうしろからうれしそうについてきました。

チャックは、少しこまりました。こんなところを三五《さんご》郎《ろう》に見られたら、どうなることか……。

4

やさい畑《ばたけ》のたたかい

とつぜん、青々《あおあお》としたキュウリの葉《は》っぱのかげから、

「おふたりさん、ちょっと待《ま》ちな」

という声がしました。

「この前は、せわになったたな」

ぬーっと出した黒い顔のひたいには、見おぼえのある、三日月《みかづき》もようがありました。

やはり、やつはやってきました。一度《いちど》や二度《にど》こりたといって、あきらめるはずもありません。ほしいものは手に入れないと気がすまないたちなのです。

「あ、うまの森の三五郎《さんごろう》！」

チャックがいったとたんに、ふわふわさんは、とんでにげていきました。

「それそれ、その三五郎《さんごろう》さまだよ。ところで、この前は、とんだところで三味線《しゃみせん》ひき

のキュウリ野郎《やろう》がわりこみやがって、勝負《しょうぶ》もそのままでな。おりゃあ、むなくそ悪《わる》くて、あれからめしもすすまねえのさ。きょうは、たっぷりあのときの礼《れい》をさせてもらうぜ」

そういえば、三日月《みかづき》先生の顔は、細長くてキュウリににていました。

「礼《れい》だって？　なんの礼《れい》をくれるの？　ぼく、何かきみにいいことしたのかなあ」

「バカヤロウ!!　ふざけんじゃねえ！」

三五郎《さんごろう》は、いらだってじだんだをふんでいます。

「せっかくいいとこまでもっていったのによ、おめえがしゃしゃり出てぶっつぶしやがった。その礼《れい》だよ。おかげで、サユリさまを手に入れそこねた」

「ああ、そのことか。それならぼくだって、まだきみにかりをかえしてない」

「かりだと？　なんのかりだ⁉　知ったふうなことぬかすな。とにかく、こっちの礼《れい》を先にうけとりやがれ！　このおたんこなす！」

体じゅうの毛をさかだてた三五郎《さんごろう》は、いきなりチャックののどもとにかみついてきました。

「ダレカ、キテー、タイヘン、ダレカ、キテー！」

どこかで、ふわふわさんのかん高い声がひびいています。

ギャオ、ギャオー、フウー、フウー!

すざまじいうなり声を出しながら、二ひきは畑《はたけ》じゅうをころげまわります。

そのとき、白いかたまりが畑《はたけ》に飛《と》びこんできて、チャックと三五郎《さんごろう》の黒いかたまりに飛《と》びつきました。

それは、おくれてやってきたハクでした。ハクこそ、三五郎《さんごろう》に出会うのを待《ま》っていたのです。こんどは三びきが、のりでまいたおにぎりのようになって、畑《はたけ》を転《ころ》げまわりました。やさい畑《ばたけ》にすなぼこりがまいあがり、たつまきが起《お》こったようです。

ごろニャン一家の新親分、三五郎《さんごろう》は、うわさどおりけんかが強く、いっぽう、チャックもハクも負《ま》けてはいませんでした。三びきは、血《ち》をながしながらもおたがいをはなしません。おかげでやさいをささえていた竹のぼうもあちこちでたおれ、

畑《はたけ》はめちゃくちゃ。三日月《みかづき》先生に見つかったら、こんどこそ殺《ころ》されてしまうでしょう。

そして、上等《じょうとう》な三味線《しゃみせん》の皮《かわ》が三まいできるのです。

ふわふわさんの助《たす》けをよぶ声が、三日月《みかづき》先生とおくさんにとどくには、ずいぶん時間がかかりました。ふたりは、あいにくつれだって外出していたのです。

やっと、帰ってきたふたりが畑《はたけ》のたたかいに気づき、手に手に、ほうきやくわを持《も》

ってかけつけたとき、やさい畑《ばたけ》の日はかげりはじめていました。

ほうきやくわを持《も》った人間には、さすがの三五郎《さんごろう》もたちうちできません。

「おぼえてろ！　これはみやげにもらってくぜ」

三五郎《さんごろう》は、そういうと、何か細長いものをくわえて、かきねの外へすっ飛《と》んでにげました。夕闇《ゆうやみ》がせまっており、よく見えません。

キュウリでもくわえていったのかな？　お礼《れい》だの、みやげだのって、ややこしいことをいうやつだ、とチャックは思いました。気がつくと、かたわらにハクが、ぐったりとして、血《ち》を流《なが》してたおれていました。

「ハク、おい、ハク、どうした！　だいじょうぶか!!」

「だいじょうぶ。だけど、とりにがしたね。ざんねんだよ」

ハクはうす目をあけて、むりに笑《わら》って見せました。

ハクは、三日月《みかづき》先生とおくさんにだきかかえられて、家の中に運《はこ》ばれました。

5

なくなったハクのしっぽ

ぬれ手ぬぐいでハクの体の血《ち》をふきとっていたおくさんがふしぎそうにつぶやきました。

「あれ？　白《しろ》ちゃんのしっぽ、こんなに短《みじか》かった？」

見ると、ハクのしっぽがえらく短《みじか》いのです。ハクのしっぽは太くて長いはずでした。いつもそれをほこらしそうにピンと立てていました。チャックがうらやむくらいりっぱなしっぽでした。それが、ねもとから三センチぐらいのところで消《き》えていました。

「あ！　しっぽがない！　ハクのしっぽがない!!」

チャックは、そうさけぶと、家を飛《と》びだして畑《はたけ》に走りました。悪《わる》い予《よ》感《かん》がしたのでした。

チャックはうす闇《やみ》のやさい畑《ばたけ》を走りまわって、ハクのしっぽをさがしましたが、見つかりませんでした。

あのたたかいのさなか、ハクのしっぽは食いちぎられたのでしょう。三五郎《さんごろう》が、みやげだといって持《も》って帰ったのはハクのしっぽだったのです。

ぼくが、あのたたかいにハクをまきこまなければ、じまんのしっぽは、これからもずーっとハクのものだった。ハクは、いつもほこらしげにしっぽをぴんと立てていたっけ。そう思うと、チャックはハクにすまないと思いました。

ぼくはまだちっとも一人前じゃない。

がっくりして家にはいると、三日月《みかづき》先生とおくさんが、タオルにくるんでダンボール箱《ばこ》に入れたハクを、あわてて車に運《はこ》びこんでいるところでした。

「しっぽからの血《ち》がとまらないから、死《し》んでしまう。すぐ病院《びょういん》につれていく」

というのでした。

みんなで車に乗《の》りこんで、ちょっとはなれたところにある〈ハッピー・アニマル・ホスピタル〉にハクを運《はこ》びこみました。ひょうばんのいい動物病院《どうぶつびょういん》です。

ふだんはおしゃべりのハクも、みけんにしわをよせて、目と口をかたくとじていました。よほどつらいのでしょう。

三日月《みかづき》先生のおくさんは、車がとまると、

「救急《きゅうきゅう》です!! 救急《きゅうきゅう》です!!」

とさけんで、診察室《しんさつしつ》に飛《と》びこんでいきました。そしてお医者《いしゃ》さんに、

「いつもおせわになっている、サユリのお友だちの白《しろ》ちゃんです。みてやってください!! けんかでしっぽがなくなってしまったんです」

とひと息《いき》でいいました。

丸い顔に丸いメガネをかけたお医者《いしゃ》さんは、さっそくハクの傷口《きずぐち》をしんさつすると、

「切れてすぐのしっぽがあれば、もとどおりにつなげるのですがね」

と、ざんねんそうにいい、とりあえず流《なが》れる血《ち》をとめるために、傷口《きずぐち》をぬいあわせてくれました。

ハクは、やっといのちをとりとめることができました。

つぎの日、三日月《みかづき》先生の家にハクをあずけたチャックは、ハクのしっぽをとりかえすため、ごろニャン一家のすみかのうまの森にむかいました。とちゅう、順正寺《じゅんしょうじ》の門の前を通ろうとして、ふと気づくと、そばの電柱《でんちゅう》に、白いネコの長いしっぽがひもでつるされて、風にゆれているではありませんか！

そばのはり紙には、

〈これは、ゆうかんなうまの森の新親分三五郎《さんごろう》が、チンピラネコのハクとたたかい、ぶんどったものなり〉

と、ありました

「チンピラネコのハクだって！」

チャックは、いかりにふるえながら、電柱《でんちゅう》からハクのしっぽをひきはがすと、それをくわえていちもくさんに三日月《みかづき》先生の家に走ってもどりました。

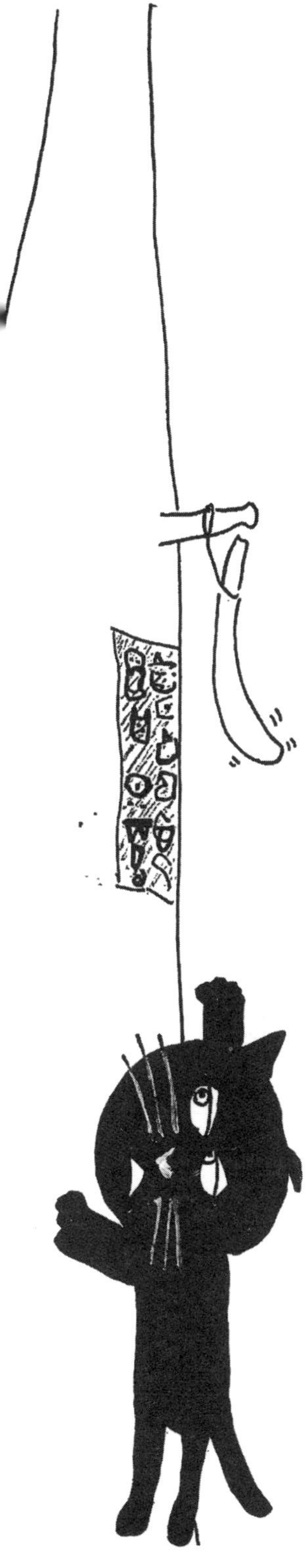

しっぽをくわえたまま家に飛《と》びこむと、三日月《みかづき》先生もおくさんも目を丸くしました。少し、気持《きも》ちが悪《わる》そうな顔でしたが、それがハクのしっぽだと気づいたようです。

まずわれにかえった三日月《みかづき》先生が、ハクをタオルでくるんでだきかかえたおくさんとチャックを車におしこむと、〈ハッピー・アニマル・ホスピタル〉への道をつっ走りました。

まだ、まにあうだろうか。チャックは心配《しんぱい》でした。切れてすぐなら、もとどおりにつながる、と、お医者《いしゃ》さんはいっていました。

病院《びょういん》につくと、三日月《みかづき》先生のおくさんがさけびました。いつでもさけんでいる人です。

「先生！　白《しろ》ちゃんの切れたしっぽがありました！　おねがいします！　白《しろ》ちゃんのしっぽをつなげてやってください！」

お医者《いしゃ》さんは、しばらく、しっぽを調《しら》べてからいいました。

「ざんねんですが、これをもとにもどすわけにはいきません。時間もたっていますし、よほど手あらにあつかったのか、傷口《きずぐち》がグチャグチャにつぶれていますからね。たとえ、むりやりこれをひっつけたとしても、そこからバイキンが体じゅうに広まり、けっきょくいのちをうしなうことにもなりかねません」

「で、でも、おねがいです、つなげてください！　こ、これは、この子のだいじなしっぽなんです！」

おくさんは、必死《ひっし》でたのみました。

お医者《いしゃ》さんは、首をふるばかりです。

みんなは、とうとうあきらめて、家に帰りました。

家につくと、ハクがチャックにウィンクして、「ニャアアアー」とささやきました。

「チャック、もういいよ。おれ、しっぽよりいのちがだいじだ。それよりチャック、きみの左耳がおかしいよ。三五郎《さんごろう》におられたんじゃないか？」

そういわれてみると、ずーっと左の耳がいたかったのです。

このけんかのあと、チャックの左耳は、一生おじぎをしたままになりました。

ハクのしっぽは、やさい畑《ばたけ》のすみにうめました。

一週間後、傷口《きずぐち》をぬいあわせていた糸もぬかれ、ハクは、すっかり元気をとりもどしたのでした。けれど、ただでさえ気があらく、けんかの好《す》きなハクのことです。じまんのしっぽをうしなったうらみはつのるばかりでした。

「いまに見ていろ。いつか、うまの森の三五郎《さんごろう》をこてんぱんにしてやる！」

といきまくのでした。

「ハク、もういいじゃないか。きみだって、あのときはしっぽよりいのちがだいじだっていってただろ。それにきみは、このごろ少し太ったって気にしていただろ？　ダイエットをするんだっていってたじゃないか。少し体が軽《かる》くなっただろ？」

「？．？．？．」

「しっぽのぶんだけ」

「しっぽのぶんだけ軽《かる》くなってもうれしくない」

ハクは、よけいにふきげんになりました。

チャックも、心細げに風にゆれていたハクのしっぽが目にうかぶたびに、ごろニャン一家の三五郎《さんごろう》をやっぱりゆるせないと思うのでした。

6　おかしなやつ

大そうどうのあと、ふつうの生活がもどってきました。

あいかわらず、チャックとハクは、一日三回のパトロールをかかしません。三日月《みかづき》先生の家のふわふわさんは、おかげで、安心《あんしん》して、やさい畑《ばたけ》でひるねもできるのです。

ときには、パトロール中、

「チャックさんもハクさんも、毎日ありがとう」

とやさしい声をかけてくれますし、三日月《みかづき》先生のおくさんは、いつでもにこにこ顔でむかえ、

「ごくろうさまね。少し休んでいかない？　ごちそうするわ」

などと大かんげいです。

三五郎《さんごろう》とたたかってしっぽをうしなったハクも、三日月《みかづき》先生の家に出入り自由《じゆう》にな

ったのでした。ハクは大いばりで、あこがれの〈サユリさま〉に会いにいけるので大よろこびです。

しかし、その場に三日月《みかづき》先生がいると、そうはいきません。

「またきたか」

という顔をするのです。

ある日、ハクがこうふんしてやってくるといいました。

「チャック、起《お》きてくれ！　ねているばあいじゃないよ」

「また、あいつか⁉　ごろニャンの三五郎《さんごろう》か？」

チャックは、飛《と》びおきました。

「いいや、三五郎《さんごろう》じゃない。三日月《みかづき》先生の家におかしなやつがいるんだ。見たこともないやつだ。体はおれたちネコと同じくらいだが、顔がブルドッグなんだ」

いつもおなかをすかせているハクは、近ごろひとりでも三日月《みかづき》先生の家に行くことがあるのですが、きょうも、ネコの出入り口にぶらさがった板《いた》をくぐってはいると、

「おかしなやつとはち合わせしそうになって、あわてて飛《と》びだしてにげてきた」

とくやしそうです。

「ネコ？　イヌか？」

「だから、見たこともないおかしな……」

二ひきは、三日月《みかづき》先生の家に行き、おそるおそる畑《はたけ》のかきねのすきまからのぞいてみました。

ちょうど、問題《もんだい》のおかしなやつが畑《はたけ》に飛《と》びこんできました。めずらしそうにあちこちかぎまわっては、おしっこをひっかけています。

「ハク、あれはイヌだよ。パグっていう種類《しゅるい》のね」

チャックは、前にもそんなイヌを見たことがありました。

パグは、顔はブルドッグにそっくりですが、体は小さく、おとなになっても大きなネコぐらいにしかなりません。気はやさしいのですが、あごがめっぽうじょうぶで、何かにかみつくとなかなかはなさない、気の強いところもあります。自分に強いホコリをもっているイヌです。

なおもようすをうかがっていると、そいつは、右や左に畑《はたけ》をつっ走り、ゆかいそうにワンワン、ワンワンとほえています。その速《はや》いことといったら、まるで新幹線《しんかんせん》です。

チャックもハクも、そいつの動《うご》きを追《お》うだけで目がまわりそうです。どうも、おも

しろくないことが起《お》こりそうでした。

そのとき、三日月《みかづき》先生の声がしました。

「おーい、ハリー、ハリー、どこにいるんだい？」

三日月《みかづき》先生の声とは思えない、やさしそうな声でした。

ハリーとよばれたパグは、立ちどまると、もったいぶって首をかしげていましたが、きゅうに家のほうにむかって走りだしました。

「おー、よしよし。きたかきたか。そんなになめるんじゃない。おまえはかわいいやつだ。よしよし、ネコとちがって、イヌはやっぱりいいねえ。どうだ、この家は気にいったかい？」

イヌは、「ワンワンワンワン」とはしゃぎまわっているようです。
「よしよしよし」
「ワンワンワン」
「よしよしよし」

三日月《みかづき》先生の、ネコなで声が聞こえます。

三味線《しゃみせん》ひきの三日月《みかづき》先生は、もともと、チャックたちネコのことは三味線《しゃみせん》の皮《かわ》の材料《ざいりょう》ぐらいにしか思ってはいないのです。頭のあがらないおくさんがネコ好《ず》きで、ふわふわさんにむちゅうなものですから、がまんしてはいますが、ほんとうは、ネコが大きらいです。いぜんから「イヌを飼《か》いたい」というのですが、そのたびに大そうどうでした。

「あなたは、サユリがかわいくないのね。大きなイヌなら、サユリなんか、ひとかみで殺《ころ》されてしまいます。わかりました。そんなにサユリをじゃまになさるなら、あたくし、サユリをつれて、実家《じっか》に帰らせていただきます」

と、荷物《にもつ》をまとめて家を出るふりをし、三日月《みかづき》先生をこまらせたことも一度《いちど》や二度《にど》ではありません。

そっと家に近づいてのぞいてみると、にこにこ顔の三日月《みかづき》先生は、ハリーをひざの

上にのせて、縁側《えんがわ》にすわっていました。

「チャック、あいつがいるんじゃ、おれたちもう家の中にはいれないね。めしにもありつけない。悪《わる》くすると、用心棒《ようじんぼう》もクビだ」

ハクは心配《しんぱい》そうですが、チャックは、おくさんさえ帰ってくれば、三日月《みかづき》先生の希《き》望《ぼう》は、まず通らないだろうと思いました。勝手《かって》にもらってきたか、ひろってきたイヌを飼《か》うなど、もってのほかです。

そのとき、げんかんのあく音がしました。

チャックは、あんなにはしゃいでいたハリーがきのどくだとさえ思いました。おまえの運命《うんめい》はもうきまったよ。

縁側《えんがわ》までやってきたおくさんに、三日月《みかづき》先生がのんびりと声をかけています。

「おかえり。おそかったね」

おくさんは、三日月《みかづき》先生がひざにのせているハリーに、まだ気づいていないようでした。

「なかなか気にいったのがなくて、さがしまわっていたの」

「そうか。で、あったのか？」

「ええ、ありました。ふつうの首輪《くびわ》はいくらでも売ってるんだけれど、この子にはあわないでしょ。さんぽのときなんか、ぜったいこれよ」

この子って？　まさか……。

「わたくしの友だちからきのうもらってきたのに、ハリーったら、もう、なれちゃったのね。パグってかわいいわね」

え？　おくさんはイヌがきらいじゃなかったの⁉

おくさんは、ふくろからとりだしたイヌ用のハーネス（体につけるひきづな）を三日月《みかづき》先生にわたしています。きのうもらっただって⁉　イヌを飼《か》うっての？　イヌがいたんじゃ、三五郎《さんごろう》はやってこないでしょう。いくら小さくてもイヌはイヌですから。

ということは、もう、用心棒《ようじんぼう》はいらないってこと⁉

またきょうからは、ひもじい日々《ひび》にぎゃくもどりです。それに、ハクは〈サユリさま〉にもう会えないのです。ふたりはしょんぼりとして、家に帰ろうとしました。

そのとき、うしろでおくさんのかみなり声がしました。

いそいで庭《にわ》にもどってみると、家の中の雲ゆきがにわかにあやしくなっていました。ふわふわさんをだいたままのおくさんが、仁王立《におうだ》ちになって、どなっていました。

「え⁉　用心棒《ようじんぼう》はもういらないですって⁉　イヌを飼《か》うことになったら、あなたは恩《おん》人《じん》たちをすぐにクビになさるの‼　そういえばパトロールの時間なのにすがたが見えないから、おかしいなって思ってたら、まあ、なんてひどい方！」

「な、何もそんなことはいってないよ」

「いま、そうおっしゃったじゃないの！　もう、だいじょうぶだって。ハリーにも用《よう》心棒《じんぼう》がつとまるとかなんとか。だいたい、あなたは、血《ち》もなみだもない恩《おん》知らずなんです。もうよくよくわかりました。サユリをつれて実家《じっか》に帰ります。あなたは、そのおかしな顔のイヌと一生おくらしになれば！」

「まあ、そう、早まるな。おれは、何も……」

「何もかもこれでおしまい。長いあいだおせわさまでした！」

おくさんは、どなるだけどなると、ふわふわさんを横《よこ》だきに、たつまきのように家を飛《と》びだしていきました。

三日月《みかづき》先生は、あわててひざからハリーをおろすと、おくさんを追《お》ってい

きました。

「もう帰ってこないかもな」

ハクは心配《しんぱい》そうでした。

しばらくして、おくさんのよぶ声がするので行ってみると、たっぷりのおさしみが用意《ようい》されていました。

「これからも、サユリを守《まも》ってやってちょうだいね。このハリーは、あなたがたの子分にしてくれればいいのよ」

その横《よこ》で、気のよさそうなハリーがさかんにしっぽをふっていました。とうぶんはなかよくやっていけるでしょう。

7

満《まん》月《げつ》の夜のコウモリ池

チャックは、ほんもののカラスネコです。まっ黒のチャックは、きょうだいから「カラス」というあだ名でよばれていました。

そんなチャックをかあさんネコのユキヒメは、いつもなぐさめ、はげましてくれたものです。

「チャック、おまえは、カラスネコなんだから、ホコリをもって生きていきなさい。りっぱなネコになるんだよ」

と。

「おまえのひいひいじいさんも、すばらしいカラスネコだった。ネコバカリ小学校の校長先生で、みんなから尊敬《そんけい》されていたんだよ」

とも。でも、そのクロベエじいさんはいま、ネコマタのブラック・ブラックです。

悪党《あくとう》です。

「りっぱなネコになろう。たとえまずしくても、正しいのらネコの生き方をするんだ。クロベエじいさんのようにはならない」

と、チャックは心に決《き》めていました。

ある日、チャックに、〈すっとびカラス宅急便《たっきゅうびん》〉のカンザブロウが一通の招待状《しょうたいじょう》をとどけてくれました。黒光りする葉《は》っぱに、金文字で、

〈カラスネコ・チャックさま　もし、当クラブに入会を希望《きぼう》されるなら、このすっとびハガキを持《も》って、つぎの満月《まんげつ》の夜、コウモリ池の土手《どて》にあるムクノキの下までこられたし。敬具《けいぐ》　カラスネコクラブ〉

とありました。

「わぁ、とうとうきた！」

チャックは飛《と》びあがりました。

チャックは、いぜんから、カラスネコだけの集《あつ》まりがあることを知っていました。ホコリをもったおとなのカラスネコたちの集《あつ》まりで、毎月一回、

満月《まんげつ》の夜、かめの森に近い〈コウモリ池〉の土手《どて》の上でひらかれているということでした。いつか、ぼくもおとなになったらカラスネコクラブに入りたい、とチャックは思っていたのです。

とうとう、招待状《しょうたいじょう》がきた！

ぼくは、一人前のカラスネコとしてみとめられたんだ。

チャックのむねはおどりました。

つぎの満月《まんげつ》の夜が待《ま》ちどおしくて、チャックは、それからの日々《ひび》をそわそわしてすごしました。

ついにその日がきました。チャックは、レモン色のまん丸い月があがるのを待《ま》って、コウモリ池の会場にかけつけたのでした。

池の土手《どて》のムクノキはすぐ見つかりました。木の下は、そこだけ平《たい》らな草はらになっているようです。そこが今夜《こんや》の会場のようです。ムクノキの下には小さな切り株《きかぶ》があり、チャックとあまり変《か》わらないわかいネコが、たいくつそうにすわっていました。どうやら、受付係《うけつけがかり》のようです。もちろん、ひと目でカラスネコとわかりました。

「チャックです。かめの森の」

と招待状《しょうたいじょう》を出しますと、

「ああ、新入りの方ですね。どうぞ、おはいりください」

受付係《うけつけがかり》はあいそよく、うしろの草はらをさしました。のびほうだいの草が風になびいています。

満月《まんげつ》は、くっきりと光を放《はな》ちながら、東の空高くあがってきました。

コウモリ池は物音《ものおと》ひとつせず、月がこうこうとあたりを照《て》らすばかりです。しかたがないので、そろそろと草はらに入ろうとしたとき、急《きゅう》に風がふき、草が大きくなびきました。とたんにたくさんの黒ネコの頭があちこちにあらわれました。カラスネコだらけです！　その話し声が、ワオーン、ニャオーンとひびきあい、何がなんだかわかりません。切《き》り株《かぶ》のテーブルには、昆虫《こんちゅう》やさかなの干物《ひもの》もならんでいました。あちこちで、ニャニャニャニャニャニャア、という楽しそうな笑《わら》い声もあがっていました。だれも、チャックに気づいてくれません。

こまって切《き》り株《かぶ》の上のイワシの干物《ひもの》をかじっていると、むこうからにこにこしたじいさんネコが近づいてきました。チャックの顔をじっと見ていましたが、

「どこかで会いましたかな？」

とききました。

「いいえ。ぼく、チャックといいます。よろしくおねがいします」

「チャックくんか。どこにすんでいなさる？」

「すぐ近くです。かめの森神社《じんじゃ》です」

「かめの森神社《じんじゃ》？　ほう、それはなつかしいな。イヤ、むかしわたしの親友が、あのあたりにいたのでね。わたしは、むかしもいまも空港《くうこう》にいますよ」

「空港《くうこう》？」

「そう、空港《くうこう》のはずれの草はら。荷物小屋《にもつごや》のゆか下です。広くていいよ。一度《いちど》きてみなさらんか」

「あり、ありがとうございます」

きんちょうして話をつづけていると、草はらのまんなかあたりで耳ざわりなしわがれ声がしました。

8

ちかいのことば

「お待《ま》たせしました。では、ただいまから、第《だい》三三三回カラスネコクラブの例会《れいかい》をはじめたいとぞんじます」

みんなはいっせいに話をやめ、せすじをのばしました。

「いつものとおり、まずわがクラブのちかいをごいっしょに」

参加《さんか》者全員《しゃぜんいん》の声が、ミャーミャーミャーミャーミャーとうるさく聞こえはじめました。

一つ、われわれカラスネコは、ぜいたくをしてはいけない。

一つ、われわれカラスネコは、食べものでみにくいあらそいをしてはならない。

一ぴきのイワシを五つに分け、ひとつのまんじゅうは十に分けて、おたがいをいつくしむこと。

一つ、われわれカラスネコは、皿《さら》にのこった最後《さいご》のひと切れを、みんなにきかずに自分が口に入れてはならない。品格《ひんかく》を重《おも》んじることこそ、カラスネコのホコリである。


チャックは、だんだんゆううつになってきました。

カラスネコクラブにはいると、どんな楽しいことがあるのかとわくわくしてやってきたのでしたが。

そのうち、ひとつのアメもみんなでなめよう、なんていいだすんじゃないか。びんぼうくさいクラブだ。入会なんかするもんか。チャックは、そう決《き》めると、そっと草はらから出ようとしました。

そのとたん、受付係《うけつけがかり》のネコによびとめられました。

「キミキミ、カラスネコ・チャック！」

カラスネコ・チャックだって⁉　へんなよび方するなよ。

「いまからきみを会員《かいいん》のみなさんに紹介《しょうかい》しますので、そこにいてください」

「い、いいえ、その、ぼくはまだ、クラブに入るかどうかを考えちゅう……」

「えんりょはいりません。あ、カラスネコ・ポンタがこられました。きょうの司会者《しかいしゃ》です」

鼻《はな》すじのとおった、おなかのつき出たカラスネコが近よってきました。これじゃタヌキといっても通るでしょう。

「ああ、きみ、カラスネコ・チャック。そこにいたのか。ついてきてください。みなさんに紹介《しょうかい》しましょう」

チャックは、にげるわけにもいかず、カラスネコだらけのなかを草はらのまん中の大きな切《き》り株《かぶ》にすすむポンタにつづきました。

「みなさん、おしずかにねがいます。きょうここに、われわれの新しい会員《かいいん》をおむかえすることをごほうこくいたします。どうぞ、しっぽの礼《れい》をもっておむかえください。カラスネコ・チャック、どうぞ、こちらへ！」

司会者《しかいしゃ》ポンタは、チャックを大きな切《き》り株《かぶ》の上におしあげました。

ミャーゴォー！

大きな歓声《かんせい》があがりました。風と草のなかに、黒いネコの顔がいくつも見えました。

「おめでとう！」

「カラスネコ・チャック！」

「ようこそわれらが会に！」

「カラスネコ・チャック、おめでとう！」

みんなは、しっぽをぴんと立てるといっせいに大きく左右にゆらしはじめました。まるで、ふかい海の中でたくさんの黒いワカメがゆれているようでした。

どうやら、会員《かいいん》たちは、おたがいをよぶとき、名前の前に「カラスネコ」とつけるならわしのようです。

司会者《しかいしゃ》ポンタが、さっきチャックと話していたやせたじいさんネコをともなってきました。そして、切《き》り株《かぶ》からチャックをおろし、じいさんネコをひっぱりあげました。

「では、会長、カラスネコ・ブンブク、ごあいさつを」

えっ？　これがこのクラブの会長なの？

ブンブク会長は、小さくせきばらいをしました。

おだやかな笑顔《えがお》でしたが、その目のおくには光がありました。

「おめでとう、カラスネコ・チャック。きみの入会をみんなとともによろこびたい。ところで、われわれ会員《かいいん》には、もうひとつ心がけることがあるのですよ。それは、自分を好《す》きになることです。ナニ、むずかしくはありません。自分がその日一日を楽しくすごすことです。自分がしあわせでなくてだれをしあわせにできますか？　まず、自分が笑顔《えがお》でいることです。いつも笑顔《えがお》で」

カラスネコ・ブンブクは、そういうと、にっこり笑《わら》い、切《き》り株《かぶ》をピョンとおり、どこかへ行ってしまいました。

みんなは、また、おたがいの話にむちゅうになりだしました。

自分を好《す》きになること？　どこかで聞いたことばだ。チャックは思いました。

そうだ！　かあさんがいってた。「チャック、おまえはカラスネコなんだから、ホ・コ・リをもって生きていくんだよ。ホ・コ・リをもつというのはね、自分を好《す》きになることさ。自分をたいせつにして、いっしょうけんめい生きていくことだよ」って。

なんだ、このブンブク会長も同じことをいっているんじゃないか。

9 カラスネコ・ブンブク

チャックは、ブンブクというあの老《ろう》ニャンのことがなんとなく気になりました。あのひとの話をもっと聞いてみたい。チャックは、混雑《こんざつ》をかき分けて、ブンブクをさがしました。

このクラブに入ってもいいな。そのときはじめてチャックは思ったのでした。

ムクノキに近よって見あげると、いつのまにか上のほうのえだに何びきものネコがすわっています。クロネコの鈴《すず》なりです。やっと、いちばん下のえだのもとでくつろいでいるブンブクを見つけました。

「ブンブク会長、さがしていました」

とチャックが近よると、ブンブクは、

「カラスネコ・ブンブク、とよんでください。ところで、カラスネコ・チャック、き

みはこのクラブが気に入りましたかな？」

というと、やさしい笑《え》顔《がお》をうかべて、自分のすわっているえだにチャックを手まねきしました。

ブンブク会長のとなりにすわったチャックは、ひいひいじいさんのクロベエと同じなつかしいにおいをかいだような気がしました。

「さっき、きみは、かめの森にすんでいるといいましたね？」

ブンブクがききました。

「はい。ぼくの先祖《せんぞ》もずっと前からすんでいたようです。ネコバカリ小学校の校長だった、ぼくのひいひいじいさんもです」

「ほう、やっぱり……」

ブンブクの目が大きくなりました。

「きみのひいひいじいさんは、もしかして、クロベエといいませんでしたか？」

「そうです。クロベエですが……」

しまった。いらないことをいってしまった……。

このブンブクは、ひいひいじいさんを知ってるのか。

そういえば、親友がかめの森にいたって、さっきいってたっけ。それなら、クロベエじいさんが、いまは五月山《さつきやま》の魔王《まおう》、ネコマタのブラック・ブラックだということも知っているにちがいないのです。悪党《あくとう》ブラック・ブラックのひいひいまごだと知れたら、ぼくは、このクラブの会員《かいいん》ではいられない。カラスネコクラブは、ホコリをもった黒ネコの集《あつ》まりなのですから。

チャックは、どきっとして、かたまってしまいました。

「どうりで、そのすばらしい金色のドングリ目も、毛のツヤも、堂々《どうどう》とした長いヒゲもどこかで見たと思った！　そうでしたか。きみは、クロベエくんのひいひいまごさんでしたか」

チャックは思い出しました。そういえば、「チャックの金色の目は、クロベエじいさんとおなじだね」と、かあさんはいっていました。

ブンブクは、なつかしそうにチャックの顔をまじまじと見ています。

「ぼ、ぼく、し、しつれいします」

チャックは、おちつきなくムクノキからおりようとしました。

そのとき、

「クロベエくん、どうしてるかな。あんなりっぱなネコはいなかった……」

カラスネコ・ブンブクが、しみじみとつぶやくのが聞こえました。

クロベエじいさんが、りっぱなネコ？　きっと聞きちがいだ。

それとも、ブンブクは、クロベエじいさんが、いまはネコマタ、ブラック・ブラックだとは知らないのでしょうか。

「ここ何年も、れんらくがとれません。どうしているのか心配《しんぱい》です。きみは何か知っていますか？」

やはり知らないようです。チャックはほっとしました。

「い、いえ、ぼくは……あんまり関係《かんけい》がないので……」

「そうですか。じゃあ、あの、われわれネコ族《ぞく》の歴史《れきし》にのこる〈五月山《さつきやま》のたたかい〉も知らないでしょうな？」

歴史《れきし》にのこる五月山《さつきやま》のたたかい？　どこかで聞いたことがあるけど……。

「な、なんにも知りません……」

チャックは、きょとんとするばかりです。

「きみはわかいからね」

ブンブクは、首をふりながら、しばらくだまっていましたが、やがて、ゆっくりと話しだしました。

「もう何年になるだろう。うまの森のごろニャン一家が、かめの森をのっとろうとせめてきたことがありました。

それまでは、あらそいごともなく、平和《へいわ》にくらしていたかめの森の動物《どうぶつ》たちは、行き場がなくなってにげまどうばかりでした。ごろニャン一家の親分ゴロ八《はち》は、かめの森の広くてゆたかな自然《しぜん》や、正月《しょうがつ》や、夏や秋の祭《まつ》りのにぎわいに目をつけたんですよ。頭のいいやつでした。そのとき、かめの森のネコたちの先頭に立って立ちむかったのがクロベエくんでした——」

チャックにとっては、はじめて聞く話でした。

10

くらがり谷《だに》のネコ悪魔《あくま》――ブンブクの話

たたかいの場となったかめの森は、見るまに荒《あ》れていきました。このまま、ふるさとのかめの森でたたかうことで、森が荒《あ》れはて、家族《かぞく》や多くのなかまが、殺《ころ》され傷《きず》つくことをクロベエくんはおそれた。そこで、かれは、かめの森を出て、五月山《さつきやま》でたたかう決心《けっしん》をしたんです。家族《かぞく》や、友人のしあわせのために、自分の危険《きけん》をかえりみなかったんです。

クロベエくんとそのなかまは、五月山《さつきやま》で、ごろニャン一家と壮絶《そうぜつ》なたたかいをくりかえしました。どちらも傷《きず》つき、たくさんのネコがいのちを落《お》とし、食料《しょくりょう》も底《そこ》をついてきた。いつまでたってもたたかいは終《お》わりそうにはありません。クロベエくんは、ようやくたたかうことの底《そこ》なしのおそろしさ、ばからしさに気づきはじめていました。それ以上《いじょう》に、なかまをうしなったことへの責任《せきにん》を感《かん》じて苦《くる》しむ日々《ひび》がつづいていたの

です。

　飢《う》え死《じ》にするなかまがでたとき、クロベエくんはもうどうしていいのかわからなくなりました。そして、とうとう神通力《じんつうりき》をつかってしまったのです。悪《わる》いことにはぜったいつかわないと決《き》めていたのに。夜、空を飛《と》んで商店街《しょうてんがい》の店先《みせさき》から、食べものをごっそりぬすんで運《はこ》んだのです。さかなの干物《ひもの》や、コロッケなんかをね。みんなのよろこぶ顔が見たかったのでしょう。やさしいやつでしたから。しかし、これが、クロベエくんの最初《さいしょ》のあやまちでした。

　さいわい、ネコ神《がみ》さまは、そのころ神《かみ》さまの全国《ぜんこく》大会がある出雲《いずも》にでかけて、いなかったのです。ともかく、そのことはネコ神《がみ》さまにはかくしおおせたわけです。

　けれど、いつまでたっても、たたかいは泥沼状態《どろぬまじょうたい》でした。

　ある日、クロベエくんの陣地《じんち》に見知らぬネコがふらっと入ってきました。黒と茶がゴチャゴチャにまじった、いんきな毛色でした。顔にも黒とこい茶色がうずまいていて、どこが目なのか口なの

かさえはっきりしません。首に、金色のくさりで赤い小さなツボをさげています。そして、いきなりこういうのです。

「かめの森のクロベエだんなというのは、おたくですか？」

「そうだが。きみはだれだね？」

「〈くらがり谷《だに》のゴロゴロ〉って野郎《やろう》で」

「わたしになんの用ですか」

ゴロゴロは、小さな黒い目でうわ目づかいにじっとクロベエくんを見ています。じつは、ゴロゴロは、五月山《さつきやま》の北にあるくらがり谷《だに》にすむネコ悪魔《あくま》でした。悪魔《あくま》は、ひとのかなしみや苦《くる》しみにつけこむのがとくいです。

「クロベエだんな、いっちゃなんだが、このままじゃ遠からず、おたくも相手《あいて》も全滅《ぜんめつ》だ。むだ死《じ》にってことですよ」

うすら笑《わら》いをうかべたゴロゴロは、そう切りだしました。

「それはそうだが……それがあんたに何か関係《かんけい》があるんかね？」

「そこで、ものは相談《そうだん》ですが、このいきづまり、ふんづまりを、一発《いっぱつ》で解決《かいけつ》する方法《ほうほう》があるんですよ」

いつもはあやしい話にのるクロベエくんではなかったのでしたが、追《お》いつめられて、ついネコ悪魔《あくま》ゴロゴロの話に耳をかたむけてしまいました。ゴロゴロは、たましいを売り買いする商人《しょうにん》でした。

「クロベエだんな、そのお顔を見れば、おこまりなのはよくわかります。くらがり谷《だに》のネコは、ひとがこまっているのを見て見ぬふりができない。つい、もうけにはならないのに、かけつけてお助《たす》けしたくなるんです。そんな性分《しょうぶん》でがんすよ」

「このたたかいを終《お》わらせることができるというのですか?」

「さいざんす。それも一発《いっぱつ》で」

長いたたかいで体も心もつかれはてていたクロベエは、ネコ悪魔《あくま》ゴロゴロのわなにかかってしまいました。

「だんなのまっすぐなお気持《きも》ちを相手《あいて》に、つまりごろニャン一家のゴロ八《はち》親分に、あたくしがおとどけするのです」

「わたしの気持《きも》ちをとどける?」

「ハイ。だんなの平和《へいわ》をねがうお心をね。あちらもこまっておりますようで。わたりに船ってわけでさァ。ばんじ、めでたしめでたし。そのなかだちを、このあたくしが

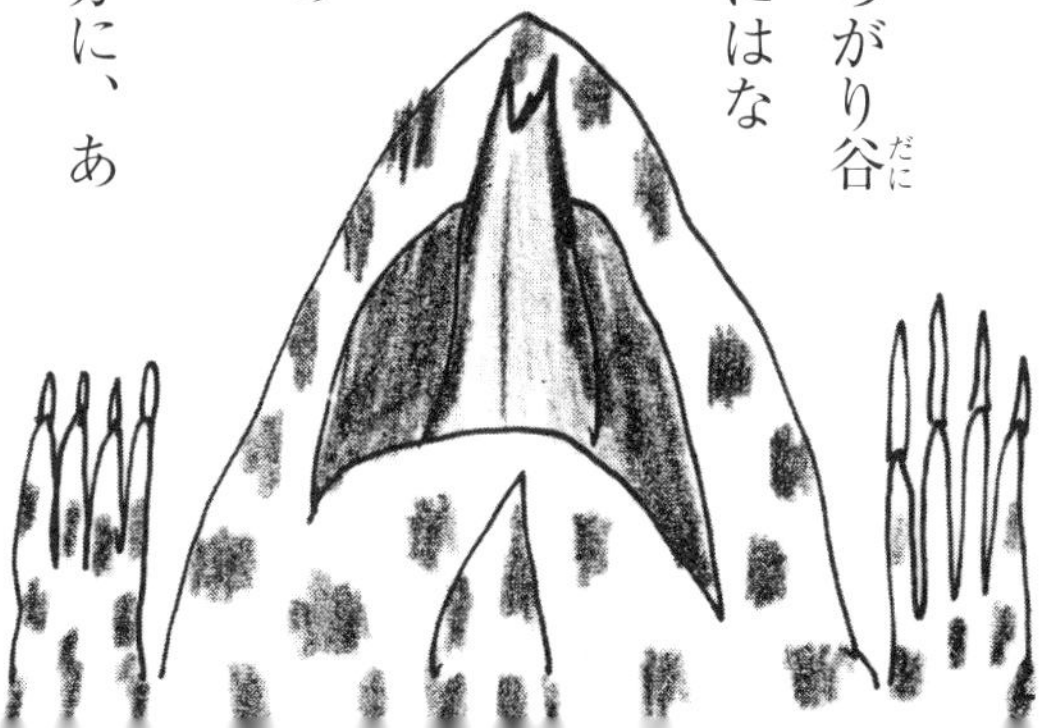

いたしますんで」

クロベエくんは思いました。このへんでたたかいをやめないと、どちらも全滅《ぜんめつ》だ。それで、つい、

「じゃあ、ゴロゴロさんとやら、ひとつおねがいしましょうか」

といってしまいました。

「ようがす。ではさっそく」

ゴロゴロは、首からさげていた赤いつぼをはずすと、つぼから出ている聴診器《ちょうしんき》のようなものをクロベエくんのむねにあて、何やらじゅもんをとなえました。

しばらくして、ツーという音がしました。ゴロゴロは、

「はい、たしかにだんなのお心をおあずかりいたしました。このつぼの中身《なかみ》はかならずあちらさまにおとどけいたします」

と、大げさにつぼをささげもち、帰っていきました。

それでどうなったかって？

ゴロゴロはネコ悪魔《あくま》です。クロベエくんの心はもちろん、ごろニャン一家のゴロ八《はち》にはとどきませんでした。

ゴロゴロにたましいをすいとられたクロベエは、そのときからまっすぐな心をうしなってしまったのです。

11 かめの森はぼくが守《まも》る!

「出雲《いずも》からもどったネコ神《がみ》さまは、クロベエくんが悪魔《あくま》ととりひきをしたことを知って、たいへんおいかりになった。愛《あい》する家族《かぞく》のすむ、かめの森に帰ることを永久《えいきゅう》に禁《きん》じられたのです。その事情《じじょう》を知ったゴロ八《はち》は、クロベエくんに同情《どうじょう》しました。ゴロ八《はち》は、かめの森をねらってはいても、クロベエくんには一目《いちもく》おいていたのです。くらがり谷《だに》のネコ悪魔《あくま》のこともよく知っていました。自分のほうこそ、クロベエの立場に立たされていたかもしれないとさとったゴロ八《はち》は、すぐさまたたかいをやめて、うまの森にひきあげました。そのときから、ごろニャン一家は、かめの森に手を出さなくなった。そして、ゴロ八《はち》は、クロベエのような不幸《ふこう》なネコをもう二度《にど》と出すまい、と心にちかったのです。もちろん、ごろニャ

ン一家のみんなにも、そのことをすみずみまでつたえました。おかげで平和《へいわ》がもどったんですよ」

ブンブクは、そこで深《ふか》いため息《いき》をつきました。

「いっぽう、家族《かぞく》のもとへ帰れなくなったクロベエくんは、ネコ神《がみ》さまをうらみました。クロベエくんにのこされた道は、神通力《じんつうりき》をつかっての悪行《あくぎょう》ざんまいです。そして、ネコマタへの道を転《ころ》げおちていったんです。

なにしろ、クロベエくんのまっすぐな心は、ネコ悪魔《あくま》にと

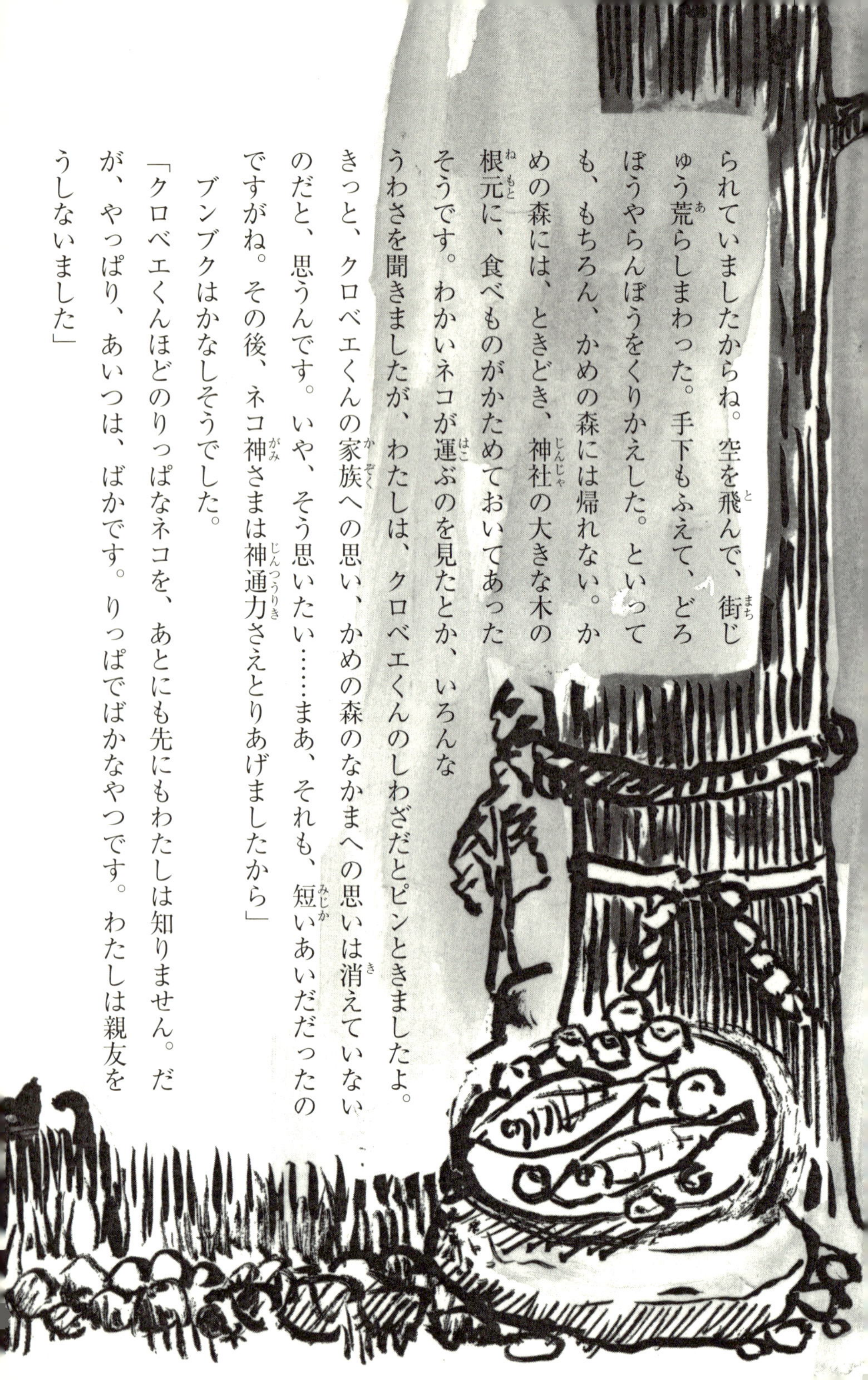

られていましたからね。空を飛《と》んで、街《まち》じゅう荒《あ》らしまわった。手下もふえて、どろぼうやらんぼうをくりかえした。といっても、もちろん、かめの森には帰れない。かめの森には、ときどき、神社《じんじゃ》の大きな木の根元《ねもと》に、食べものがかためておいてあったそうです。わかいネコが運《はこ》ぶのを見たとか、いろんなうわさを聞きましたが、わたしは、クロベエくんのしわざだとピンときましたよ。きっと、クロベエくんの家族《かぞく》への思い、かめの森のなかまへの思いは消《き》えていないのだと、思うんです。いや、そう思いたい……まあ、それも、短《みじか》いあいだだったのですがね。その後、ネコ神《がみ》さまは神通力《じんつうりき》さえとりあげましたから」

ブンブクはかなしそうでした。

「クロベエくんほどのりっぱなネコを、あとにも先にもわたしは知りません。だが、やっぱり、あいつは、ばかです。りっぱでばかなやつです。わたしは親友をうしないました」

みんなから尊敬《そんけい》されていたクロベエじいさんがネコマタになった理由《りゆう》が、やっとチャックにもわかりました。

クロベエは、もともとの悪党《あくとう》ではなかったのです。

チャックは安心《あんしん》しました。けれど、いくらせっぱつまったとはいっても、あやしいやつの力をかりてしまったクロベエじいさんを、心から尊敬《そんけい》することもできないのです。ただ、みんなを助《たす》けようとしたクロベエじいさんが、ついにはネコマタになってしまった苦《くる》しさはわかる気もするのでした。

話《はな》し終《お》えたブンブクは、

「さて、カラスネコ・チャック、きみはわかかい。自分の信《しん》じた道をすすみたまえ。ただ、これだけはおぼえておいてください。小さなけんかならいくらしてもかまわない。なかなおりをすればすむことです。だが、たたかいとなると話はべつです。たたかいの場にはどんな花もさきません。戦争《せんそう》は、たとえりっぱな理由《りゆう》をつけても、ばかのすることです。みんなのしあわせをいっしゅんで地獄《じごく》に変《か》えてしまうのですから。永久《えいきゅう》に……。あれこそ、悪魔《あくま》のしわざです」

そういい終《お》わると、ブンブクは会員《かいいん》たちの話の輪《わ》の中にもどっていきました。

チャックは、立ちあがることもわすれて、えだにぼんやりとすわっていました。

「りっぱでばかなやつ」

ブンブクのいったことばが耳にのこっています。

そのとき、どこかで自分をよぶ声がしました。

「チャック！　チャック！」

見ると、ムクノキから少しはなれた草の中から、ハクがのぞいて、手まねきしているではありませんか。顔がひきつっていました。

「た、たいへんだよ、チャック。ご、ごろニャン一家がおそってきた！」

「ごろニャン一家が⁉」

「三五《さんご》郎《ろう》と手下が、おおぜいでせめこんできた。かめの森にある動《どう》物《ぶつ》たちのすみかや鳥の巣《す》を、かたっぱしからたたきつぶしているんだ！」

三五《さんご》郎《ろう》は、かめの森をのっとるために、そして、チャックへのう

らみをはらすためにも、ついにやってきたのです。

もう、まにあわないかも知れない。

かめの森を追《お》いだされた鳥や動物《どうぶつ》たちが、この夜ふけにすむ場所《ばしょ》をうしない、とほうにくれることを思うと、ごろニャン一家と、三《さん》五郎《ごろう》への心の底《そこ》からのいかりがチャックの体をかけめぐりました。

「よし、ぼくの番《ばん》だ。クロベエじいさんが守《まも》ったかめの森の平和《へいわ》を、こんどは、ぼくが守《まも》りぬくんだ」

そう決心《けっしん》したチャックでしたが、もちろん、三五郎《さんごろう》は、チャックの武器《ぶき》、とっておきのバケネコのような声や、話しあいだけでかたづく相手《あいて》ではありません。

チャックは、かめの森にむかって全速力《ぜんそくりょく》で走りだしました。

かがやきをました満月《まんげつ》は、土手《どて》を走るチャックとそれを追《お》うハクを、くっきりと照《て》らしていました。

神社《じんじゃ》の境内《けいだい》では、うまの森のごろニャン一家が大あばれのまっ最中《さいちゅう》でした。三五郎《さんごろう》があらわれました。

「やあ、チャックか。おそかったな。どこをうろついていやがった。留守《るす》のあいだに、楽しませてもらったぜ」

ひたいの三日月《みかづき》もようのきずあとが、木《こ》の間《ま》がくれにさしこむ月の光に白く光っています。

「おめえが帰ってくるまでにかたづけるつもりだったが、しかたがない。しあげは、おめえをやっつけてからだな」

三五郎《さんごろう》は、そういうと、チャックに飛《と》びついてきました！

12

夕刊《ゆうかん》コウモリニュース

月は、神社《じんじゃ》の森の真上《まうえ》にさしかかりました。

チャック、ハク、三五郎《さんごろう》、子分もまぜこぜに、そこだけ明るい月光の下で、境内《けいだい》を転《ころ》げまわりました。まるで、スポットライトをあびているようです。

真夜中《まよなか》のたたかいは、いつ終《お》わるともなくつづきました。

チャックがふと気がつくと、そのなかにイヌが一ぴきまざっているではありませんか。いつのまにこのさわぎを聞きつけたのか、それは、三日月《みかづき》先生の愛犬《あいけん》ハリーでした。そのおかしなブルドッグ顔を見まちがうはずはありません。

――ハリーが？　なぜ？

チャックはふしぎでしたが、ありがたい援軍《えんぐん》でした。

ところが、気がついてみると、いつのまにか、チャックとハクとハリーだけになっていました。どうもようすがおかしいのです。

三五郎《さんごろう》どころか、子分さえ一ぴきのこらず、森の闇《やみ》にすがたを消《け》してしまっていました。

チャックは、用心深《ようじんぶか》くあたりを見まわしました。

「どうしたんだろう。なんだかへんだぞ」

すると、横《よこ》からハリーがいいました。

「おれ、サユリさんから、チャックさんを助《たす》けにいってあげて、ってたのまれてかけつけたんだけど……どうしたんだろうね」

ハリーもなんだかわからないようです。それを聞くと、

「チャックを助《たす》けてあげて、だけか？　おれのことは、いわなかったのかい？」

ハクはムッとしたようでしたが、

「まあいいや。それより、きゅうにいなくなるっておかしいな。きっと、どこかにかくれているんだ。ゆだんするなよ、気をつけろ」

と、あたりに目を光らせます。

けれど、いつまでたっても、ごろニャン一家の声すらしません。かめの森の動物《どうぶつ》た

ちも、みんなもとのねぐらにもどったのか、あたりには、いつもの安《やす》らぎがもどっていました。

　そのとき、頭の上でばたばたというはねの音がしました。

　それは、チャックが小さいころ、このかめの森で会ったことのあるコウモリのキチジロウでした。もったいぶって、灯籠《とうろう》のてっぺんにとまり、耳をかいています。

「やあ、チャック、ひさしぶりだな。あいかわらず、食いものにもこまる生活か？」

　キチジロウこそ、口の悪《わる》さは変《か》わりません。

「あ、キチジロウ！　こんな夜ふけにどうしたんだ？」

「どうしたもこうしたも、チャックにいいニュースをとどけにきたのさ。ナンだ？　そんなキツネにつままれた顔をして。ごろニャン一家は、もうとっくにひきあげたよ。フフフフフ」

　コウモリのキチジロウはとくいそうでした。

「ひきあげただって？　たたかいをやめたってこと？」

「そういうこと。きみは、ごろニャン一家がきゅうにひきあげたわけを知りたいだろ？　それはな、一家の大親分、つまり、先代《せんだい》ゴロ八《はち》の緊急命令《きんきゅうめいれい》だ。クロベエの子孫《しそん》

のすむかめの森にはいっさい手を出すことならん、命令《めいれい》を聞かないなら、うまの森から出ていけ！　って三五郎《さんごろう》についさっき、いそぎのつかいをよこしたんだ。ゴロ八《はち》は、かめの森にだけは手を出すなと、三五郎《さんごろう》にはさんざんいい聞かせていたらしいんだ。そのわけは、ナゾなんだけどな。そのうち、ぼくもしらべるつもりだ。あんな三五郎《さんごろう》でも、ゴロ八《はち》のいうことだけは聞くんだね。これ、いいニュースだろ？　早く知りたかっただろ？　ぼく、いま、新聞記者《しんぶんきしゃ》なんだ。〈夕刊《ゆうかん》コウモリニュース〉のね。あ、時間がないや！　またな」

というと、キチジロウはばたばたと飛《と》びたちました。

チャックは、コウモリのキチジロウのうしろすがたにむかって、大きな声でいいました。

「知らせてくれてありがとう！」

チャックはハクとハリーに、カラスネコクラブの会長ブンブクから聞いた、クロベエじいさんがネコマタになるまでの話をしました。クロベエじいさんが、かめの森をいのちがけで守《まも》ったことも。ハクは、聞《き》き終《お》わると、

「そうか、ブラック・ブラックは、イヤ、クロベエじいさんは、すごいやつだったん

だね。いまはしっぽがふたつに分かれてるバケネコのネコマタでもさ」

と、青い目をかがやかせました。

ハリーは、にこにこと笑《わら》うばかりです。「でもねえ、ぼくは、やっぱり、クロベエじいさんを尊敬《そんけい》できない」

チャックは、かなしそうです。

「尊敬《そんけい》なんかできるもんか。いまは、ブラック・ブラックだ。みんなを苦《くる》しめるネコマタ御殿《ごてん》の悪党《あくとう》だ」

「チャック、きみは、がんこだなあ」

ハクは、長いまっすぐな口ヒゲをふるわせて笑《わら》いました。じまんのしっぽのなくなったハクは、いまは長くまっすぐな口ヒゲがじまんでした。

そのとき、ハリーがいいました。

「考えてみろよ、チャック。クロベエじいさんのおかげで、きみはいままでかめの森でのんびりくらしてこられたんじゃないか。五月山《さつきやま》のたたかいからあと、このかめの森に手を出すなといったのはゴロ八《はち》だし、今夜《こんや》、三五郎《さんごろう》がひきあげていったのも、ゴロ八《はち》じいさんの命令《めいれい》だしな」

ハリーにいわれてみれば、それは、そのとおりでした。ハリーってやつ、なかなかかしこいな、とチャックは感心《かんしん》しました。

　ぼくは、のらネコとして、だれのせわにもならず、自分の力で生きてきたつもりだったけれど……クロベエじいさんやゴロ八《はち》にも守《まも》られてくらしてきたんだ。

　あの口の悪《わる》いコウモリのキチジロウさえも、ぼくをよろこばせようと、いそがしい仕事《しごと》のあいまをぬって、わざわざ知らせにきてくれたんだ。

チャックは、ねむりにつくまで、そんなことをあれこれ考え、なかなか

ねつかれませんでした。自分ひとりで生きているつもりだったけれど……。

その晩《ばん》、チャックの夢《ゆめ》の中に、かがやくようなまっ白なネコがあらわれました。それはあんなに会いたかった、ユキヒメかあさんでした。

「チャック、もうおまえは、ホコリをもったりっぱなカラスネコだよ。おまえの信《しん》じた道をまっすぐおゆき。かあさんはおまえを信《しん》じているからね」

「あ、かあさん！　いま、どこにいるの⁉」

チャックはさけびましたが、かあさんのすがたは、チャックにやさしく笑《わら》いかけながら、うすれていきました。

あくる朝、目がさめたとき、チャックの目には、少しなみだがたまっていました。

13

もう一度《いちど》会いたい

もう一度《いちど》クロベエじいさんに会いたい。チャックは思いました。とにかく、ぼくがいま、クロベエじいさんのつらさ、くやしさがわかったことをつたえたい。

チャックは、ふたたび五《さ》月山《つきやま》にクロベエじいさんをたずねることにしたのでした。

クロベエじいさん、いいえ、ブラック・ブラックのすみかは、いまもネコマタ御殿《ごてん》のはずです。

チャックは、これまでに一度《いちど》もネコマタ御殿《ごてん》に行ったことはありません。けれど、場所《ばしょ》の見当《けんとう》はついていました。

たしか、五《さ》月山《つきやま》の頂上《ちょうじょう》にある展望台《てんぼうだい》から少し西におりた森の中です。

チャックは、五《さ》月山《つきやま》を息《いき》をきらせてのぼります。

木々《きぎ》の緑《みどり》はぼってりと重《おも》たく、息《いき》をするたびに熱《あつ》い空気が体にはいってきました。

とちゅう、ネコダケ道では、何びきかのネコに出会いました。

「ネコマタ御殿《ごてん》には、どう行ったらいいでしょうか？」

チャックがきくと、ほとんどのネコがことばをにごしてさっさと行ってしまいました。なかには、ネコマタ御殿《ごてん》と聞いただけで、にわかに飛《と》びあがってにげていくネコさえいました。

やっぱり、クロベエじいさんは、五月山《さつきやま》の魔王《まおう》といまもよばれているのでしょう。

チャックは、展望台《てんぼうだい》にたどりつくと、あたりを見おろしてみました。遠くに光って見えるのは海でしょうか。ネコマタ御殿《ごてん》は、このあたりだろうと見当《けんとう》をつけてのぼってきたのですが、五月山《さつきやま》のどこにもそれらしいものは見つかりません。そのうち、西のほうから、ネコのにおいの風がふいてきました。チャックは、とにかくそこへ行ってみることにしました。展望台《てんぼうだい》の西は、ほとんどだれも足をふみいれたことのない深《ふか》い森です。

においをたよりにたどりつくと、ネコのにおいがいちばん強いあたりは、そこだけ大きな樹木《じゅもく》はなく、夏草がしげっているばかりです。けれど、チャックには、ネコマタ御殿《ごてん》はこの場所《ばしょ》にたっていたことがわかりました。カラスのカンザブロウに聞いたことのある、古いやしきだというあとが、はっきりと見てとれたからです。

よく見ると、草はらのあちこちに、古い材木《ざいもく》やわれた瓦《かわら》がちらばっていました。

チャックは、去年《きょねん》の秋、大きな台風《たいふう》があったことを思い出しました。

しばらくそこにたたずんでいたチャックは、すぐそばの草むらに、かたむいた小さな石が地面《じめん》に半分うもれているのを見つけました。だれかのお墓《はか》のように見えます。

チャックは、どきっとして目をこらしました。

石には、ぼろぼろになった布《ぬの》きれがひっかかっていました。チャックには見おぼえのあるものでした。

「あ、クロベエじいさんのきぐるみだ……」

せっかく、会いにきたクロベエじいさんは、もう、この世《よ》にいないのか……。ふいになみだがあふれてきました。

チャックは、その石の前で、しばらくぼうぜんとたたずんでいましたが、やがて、心のなかで話しかけました。

「クロベエじいさん、あのときは、すみませんでした。もう、くるなといわれたけど、またきてしまいました。五月山《さつきやま》の魔王《まおう》とよばれたブラック・ブラック。でも、いまはぼくの尊敬《そんけい》するクロベエじいさんです。ぼくも、あなたに負《ま》けないような、ホコリをもったカラスネコとして、これから生きていきます」

草むらをそよがせるひんやりとした風がふきぬけていきました。その風の中に、だれかのかすかな声がまざっているような気がして、チャックは耳をすませました。

「チャック、よくきたな。待《ま》ってたよ」

それは、まさしくクロベエじいさんの声です。いえ、それともただの風？

はっとして、ふりかえったチャックでしたが、そこ

にはクロベエじいさんのすがたはありませんでした。
どこかで小鳥の声がします。
五月山《さつきやま》の上には、白い雲がひとつ、わすれられたようにうかんでいました。
暑《あつ》かった夏も、もう終《お》わりです。

作者 野田道子（のだ・みちこ）

1937年、兵庫県生まれ。大阪市立大学卒業。

主な著書に、『オリバー先生は犬がすき！』『植物は考える生きもの!?』『ねむりからさめた日本ワニ』（以上ＰＨＰ研究所）、『麻薬を探せ！名犬マック』『子どもじゃないの』（以上ポプラ社）、『ぼくもぼくのことすき』『シロとのら犬たちの大震災』『さなぎ舞』『点子ちゃん』『いのち運んだナゾの地下鉄』『家長・永富杏四郎の憂鬱』（以上毎日新聞社）など。

画家 オオノヨシヒロ

1957年、京都府生まれ。1980年初個展。

絵本『la città bucata』ローマ、マドリッド、バルセロナにて出版。『しりとリズム』（PHP研究所）、『かえりみち』（すずき出版、ヘミングウェイ出版・韓国にて出版）。『やさしいきょうりゅう』（小学館）、『きんぎょのきんちゃん』（長崎出版）、『うみのうえでクリスマス』『のあのあが』『さんりんしゃりんりんりん』『にこにこじいさんにらめっこ』『ヤコブとてんのはしご』『だってだってうさぎ』『やったあ！』（以上至光社）。

＊この作品は、2007年11月1日〜11月30日、2008年8月1日〜8月31日に毎日新聞大阪本社版に連載された作品をまとめたものです

おはなしメリーゴーラウンド
カラスネコ チャック
2014年5月14日 第1刷発行　2015年6月15日 第4刷発行

作者 野田道子
画家 オオノヨシヒロ
ブックデザイン アンシークデザイン
発行者 小峰紀雄
発行所 株式会社小峰書店
〒162-0066 東京都新宿区市谷台町4-15
TEL 03-3357-3521 FAX 03-3357-1027
http://www.komineshoten.co.jp/
組版・印刷 株式会社三秀舎
製本 小髙製本工業株式会社

ISBN978-4-338-22212-9 NDC913 167P 22cm

このお話に出てくるひとたち

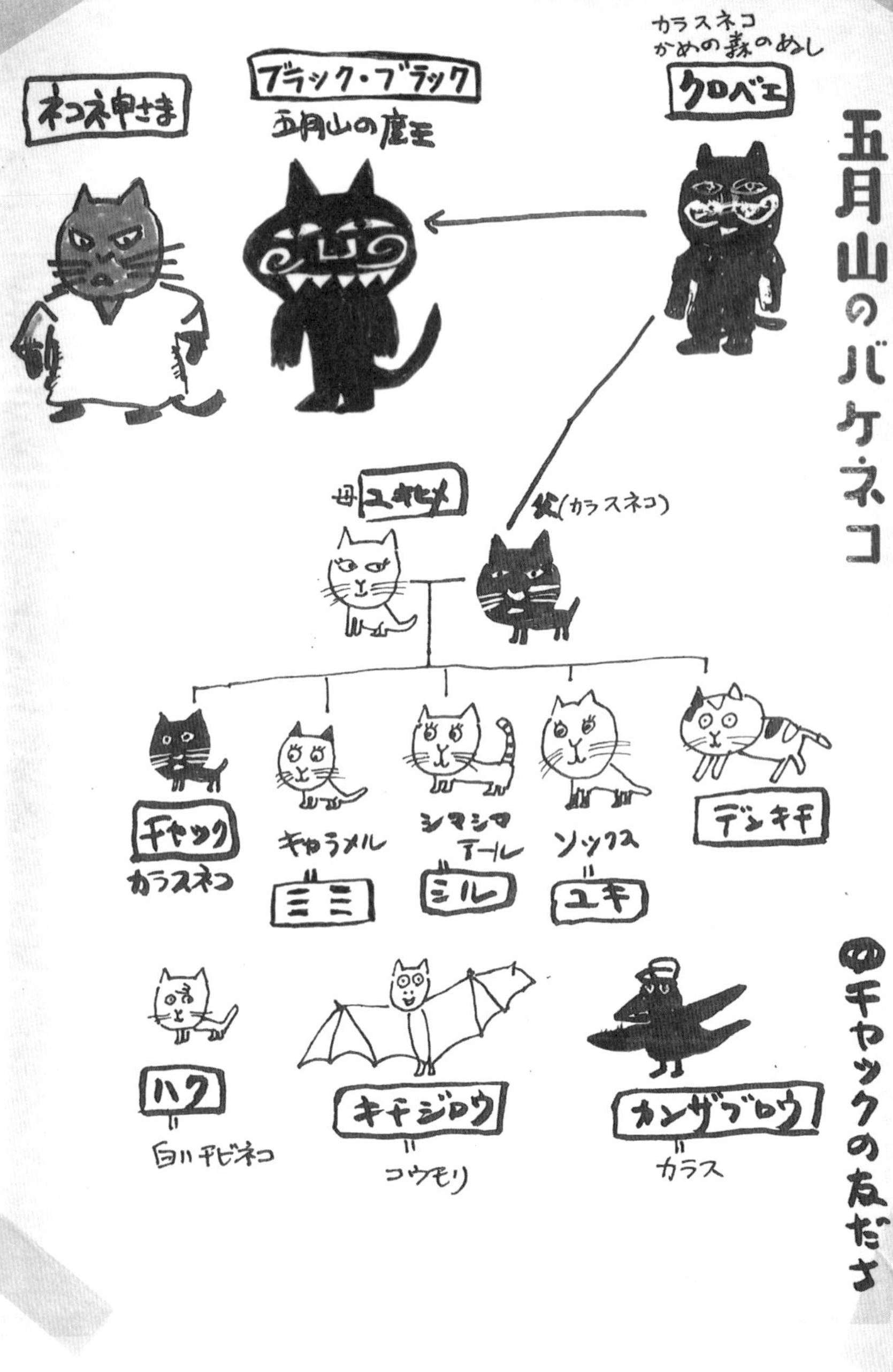

ネコ神さま
ブラック・ブラック
五月山の魔王
カラスネコ
かめの森のぬし
クロベエ
五月山のバケネコ
母 ユキヒメ
父(カラスネコ)
チャック
カラスネコ
キャラメル
ミミ
シマシマテール
シル
ソックス
ユキ
デンキチ
ハク
白いチビネコ
キチジロウ
コウモリ
カンザブロウ
カラス
チャックの友だち